45p

CW00417628

La Mission

Jean Levi

La Mission

ROMAN

Albin Michel

IL A ÉTÉ TIRÉ DE CET OUVRAGE
QUINZE EXEMPLAIRES
SUR VÉLIN LAC 2000 « PERMANENT »
DES PAPETERIES SALZER
DONT DIX EXEMPLAIRES
NUMÉROTÉS DE 1 À 10
ET CINQ HORS COMMERCE
NUMÉROTÉS DE I À V

ISBN 2-226-05404-9

I

Karl se sentait un peu ivre. Il était emporté très haut sur les bulles mousseuses d'un vin pétillant. Pourtant il n'avait bu que du thé vert. C'était la conversation qui le grisait. Elle ne s'émaillait d'ailleurs d'aucune repartie brillante. Rien d'étincelant ne venait l'animer. Tout se passait en demi-teintes et à mi-mots. Les propos dégageaient la sorte de parfum discret qui émane d'une fine tasse de porcelaine dans laquelle infusent de petites feuilles jaunâtres et lancéolées. Là où un palais grossier ne perçoit qu'un goût de foin acide, l'amateur sait reconnaître tout un monde d'arômes. Et ce monde d'arômes lui évoque un monde d'images : la surface brillante d'un lac agité par un souffle de vent, la brume qui s'élève du fond d'un ravin et enveloppe une montagne, la terre mouillée qui fume après l'averse en exhalant une saveur douce et printanière.

Il y a quelques années il se serait mépris sur chaque détail. Il aurait souri devant le choix du restaurant — une immense coupole de métal et de verre animée d'un lent mouvement gyroscopique tout en haut d'un gratte-ciel. « Ils me traitent en touriste », aurait-il pensé, sans rien comprendre à la délicate attention qui y avait présidé. Il se serait arrêté à l'apparence grise, poussiéreuse de son hôte, ou à son nœud de cravate étriqué; l'air presque bestial de son collègue l'aurait rebuté et le mauvais goût du vaste séjour dans lequel ils se trouvaient maintenant à finir la soirée eût été pour lui rédhibitoire.

Le professeur de Culture traditionnelle de l'université habitait un appartement moderne, dans le quartier de l'hippodrome. La vue donnait, autant qu'on pouvait en juger à la nuit tombante, sur un jardin paysager balafré de boxes pour voitures et encadré par les barres grises des blocs de la résidence. Des meubles en bois rouge, massifs, encombraient les pièces tapissées d'un papier aux reflets glauques. La lumière marine renvoyée par les murs prêtait des allures de cétacés aux vastes fauteuils de velours puce échoués entre les sombres récifs des bureaux, des tables, des coffres et des armoires. Accrochées dans les espaces laissés libres par les rayonnages des bibliothèques, des croûtes à l'huile, achetées au bazar, contaminaient de leur agressive vulgarité des lavis à l'encre probablement anciens. Réduites par leur environnement à leur dimension purement anecdotique, les longues peintures aux couleurs délicates, représentant des canards grelottant dans un paysage de neige, des libellules et des

cigales parmi des fleurs ou des singes espiègles
agaçant des chatons se confondaient avec ces repro-
ductions offertes par les laboratoires pharmaceu-
tiques que les médecins suspendent dans leurs
waters. Mais Karl ne s'y était pas trompé; ce n'était
pas là les aîtres d'un parvenu – patron de restaurant
ou propriétaire d'une société d'import-export. La
disposition erratique des meubles, le laisser-aller
que dénotaient la fatigue des sièges, l'usure des
étoffes et les sacs en plastique abandonnés çà et là
dans les recoins donnaient à l'appartement, par
ailleurs confortable et spacieux, l'air d'un campe-
ment. Cette superbe indifférence aux canons du
bon goût était intentionnelle; le professeur et sa
femme avaient voulu imprimer, dans le cadre même
où ils vivaient, leur philosophie de l'existence : le
monde n'était qu'une illusion et la vie un transitoire
et éphémère passage. La discrète leçon qui avait
déterminé l'arrangement de leur logis le transmutait
de fond en comble. Dans son ensemble et dans
chacune de ses parties il devenait sublime. Quelques
touches raffinées, savamment dispensées au hasard,
attestaient, sans en avoir l'air, cette volonté qui
pour être réfléchie n'en était pas moins spontanée.
Les lourdes consoles et les étagères exhibaient des
porcelaines et des terres cuites, des coupes de bronze
et des figurines de jade, d'autant plus précieuses
qu'elles pouvaient se confondre avec de la pacotille.
Tout était dans la nuance de la patine, dans le

grain, le galbe, et elles portaient, naturellement, sous leur cul, le poinçon qui les authentifiait.

Des bibliothèques faisaient courir le long des murs le savoir encyclopédique du professeur; elles abritaient des rouleaux de peintures qui gardaient jalousement repliés sur eux-mêmes de pâles paysages que seuls dévoilent un signe d'élection, une marque de connivence. Car l'amitié, pensait Karl, en ce qu'elle est complicité des goûts est l'une des composantes du plaisir esthétique. Et cette harmonie mystérieuse et secrète qui met au diapason les sensibilités, les caractères, les esprits — cette communion des âmes en un mot — il la sentait vibrer entre le professeur de Culture traditionnelle et le directeur de la section d'Histoire et de Philologie.

On ne pouvait imaginer deux êtres plus dissemblables. Le visage du premier était étroit et fripé comme si la nature avait plissé un surplus de peau pour l'ajuster à l'exiguïté de l'ossature; celui du second se déployait en un large masque de chair où se perdaient les yeux, le nez et la bouche. Côte à côte, l'un petit et fluet, presque malingre, l'autre grand et costaud avec une nuque de boucher, ils évoquaient Laurel et Hardy, tant leur dysharmonie physique manifestait, bien qu'elle parût la cacher, leur conformité intellectuelle.

Karl assistait à un numéro de duettistes remarquable par la permutation des rôles et des attitudes,

par les renvois subtils d'allusions et de références
entrelaçant le filigrane sans cesse présent et toujours
dérobé d'un tour d'esprit et de détours du langage
partagés. Le professeur, un amoureux des lettres et
des arts, se montrait féru d'archéologie et épigra-
phiste averti tandis que son compère l'historien,
philologue rigoureux et précis, affichait un vif penchant littéraire, et cela sans que la moindre rivalité
s'immisçât entre eux. Nulle concurrence, nulle
émulation n'entachait leur échange et ne transfor-
mait le commerce de l'esprit et de la sensibilité en
une de ces joutes fastidieuses dans lesquelles dégé-
nèrent trop souvent les rencontres d'intellectuels.
Ce n'était point le choc répété des armes spirituelles
et acérées de deux adversaires, mais une représentation dont les participants s'évertuaient à parachever l'harmonie; les deux lettrés cherchaient à se
mettre mutuellement en valeur en intervertissant
leur personnage et en s'effaçant l'un devant l'autre.
A l'évidence, ils n'avaient point pour but de faire
étalage d'intelligence et d'érudition mais de compo-
ser une véritable chorégraphie spirituelle, à l'aide
de discours qui valaient moins par leur signification
intrinsèque que comme accompagnement musical,
comme fond sonore d'un office religieux. Entre les
différents protagonistes s'élaborait un accord auquel
sa perfection conférait une profondeur cosmique et
dont les ondes englobaient tous les présents dans
une sorte de communion sacrée. La femme du

professeur de Culture traditionnelle, un peu en retrait, en bonne maîtresse de maison, versait le thé, distribuait des friandises au miel et plaçait dans la conversation une remarque juste, introduisant dans la partition des variations mélodiques féminines et intuitives. Karl avait le sentiment de jouir du rare privilège de participer à une liturgie vouée à son propre culte. L'impeccable agencement des rythmes et des séquences édifiait l'objet même de la célébration : le Beau.

Une beauté suscitée, créée par la connivence d'eux quatre au cours d'un rite magique exorcisant le laid du réel à la façon d'un abracadabra. Le cadre et les personnages ne se donnaient pour vilains ou triviaux qu'afin de fournir à la Poésie et à la Culture l'occasion de les métamorphoser, de même que la baguette magique de la fée transforme rats et citrouilles en chevaux et en carrosses.

Une lune pâle s'était levée et découpait dans un halo d'argent les feuilles sombres des plantes en pot disposées le long des baies vitrées. Le professeur quitta son siège, fit signe à ses invités, marcha jusqu'à la fenêtre, tomba en arrêt devant les fleurs et récita à mi-voix deux vers d'un poème très ancien :

— *Odeur des bambous frais dans la chambre. Dans le jardin, clair de lune sauvage.*

Le directeur derrière son dos murmura d'un ton pensif :

— Elles sont à la fois notre consolation et l'image éphémère de notre destin.

Il fredonna un vieux poème du Japon :

— *Les années passent, mon âge avance, mais j'oublie mon tourment quand je regarde les fleurs.*

Aucune emphase. C'était si juste, si accordé au moment et aux pensées profondes de leur hôte. Karl fut transporté tant la scène était simple, évidente dans son dépouillement. Semblable à la rosée du printemps vivifiant les lotus, la poésie répandait ses perles de lumière sur ces modestes plantes qui font l'ornement des loges de concierges, bégonias, impatiens et chétifs bambous. Lavées de leur matérialité primitive et grossière, elles se paraient d'un sens emblématique, elles s'épanouissaient en langage.

— Les bambous, la lune, et la mélancolie du soir, il ne nous manque plus que la musique pour parachever le tableau vivant d'un traditionnel quatrain, reprit le professeur.

— Hélas! je n'ai pas ma cithare pour chanter à bouche fermée, dit le directeur qui avait saisi l'allusion littéraire, mais nous avons le piano de votre charmante épouse, il y mettra la touche musicale qui fait défaut. Ne faut-il pas sur des *sujets antiques jouer des airs nouveaux?* ajouta-t-il en français, à l'adresse de Karl pour qui il eut un malicieux sourire de polyglotte complicité.

Leur hôtesse, avec beaucoup de naturel, prit

15

place derrière le piano, demanda, légèrement rosis-
sante, l'indulgence de l'auditoire et joua tout en
fredonnant ce qui parut à Karl une romance populaire. C'était une musique de bastringue, nostal-
gique et geignarde, un air démodé qui évoquait
les bals des années trente, par des ornements mélodiques aux relents vagues de valse viennoise. Jouée
de façon hésitante, sur l'instrument mal accordé,
en cette soirée toute baignée de lune et de littérature, la ritournelle répandait sur les cœurs comme
la poudre sèche de vieux regrets et s'harmonisait
avec les belles-de-jour de la fenêtre dont elle donnait la réplique musicale, subtil accompagnement
sonore égrenant lui aussi à sa manière, comme ces
fleurs aux tendres couleurs un peu communes qu'on
aime là-bas parce qu'elles fanent vite, le temps qui
passe et les années qui fuient.

Karl chercha une formule élégante pour exprimer
qu'en certaines occasions la musique de café-concert
pouvait être le comble du raffinement.

— Ma femme est une amoureuse des valses de
Chopin, elle ne veut jamais jouer autre chose, fit
le professeur.

Karl se troubla. Il s'embrouillait dans sa phrase,
s'enferrait.

Il fut sauvé par un coup de sonnette. C'était la
fille du directeur de la section d'Histoire. Elle
n'avait pu venir plus tôt. Elle passait prendre son
père, pour le raccompagner chez lui en voiture;

mais elle n'avait pas oublié la surprise pour l'ho-
norable hôte étranger, ainsi qu'elle l'avait promis.
Elle posa sur une table basse l'interminable étui
qu'elle tenait à la main. Le directeur en sortit une
sorte de pirogue, fine, élancée, d'une élégance
suprême. Noir et luisant, s'effilant à l'une des
extrémités et légèrement bombé comme les cuisses
jointes d'une négresse funèbre, l'objet portait de
minces cordes de soie tendues sur des chevalets
agrémentés de pompons rouges. Karl eut un rugissement de plaisir :

— De Dieu! une cithare à cinq cordes! Et c'est
pour moi... Merveilleux! Savez-vous que je n'ai
jamais pu en voir une en bon état!

Il en pleurait presque de gratitude. Il était là,
l'objet de sa quête, le but de sa mission, l'instrument rarissime sur lequel il avait écrit des pages
et des pages sans jamais avoir pu l'entendre sonner!
Le professeur et son complice, qui connaissaient le
sujet de ses travaux, avaient eu cette exquise attention. Durant tout le temps où ils s'étaient trouvés
ensemble, au restaurant avec les étudiants, puis
plus tard chez le professeur, ils avaient pris soin
d'éviter la moindre allusion à ses recherches. Karl
avait bien compris que c'était discrétion et non
désintérêt; ils lui réservaient ce cadeau. Pas de
discours, pas de bavardage, un geste... Et à ses
yeux émerveillés se révélait toute la subtilité de la
scène précédente. Comment ne pas admirer le

mélange de naturel et de préméditation avec lequel la soirée avait été organisée? Sans le fâcheux retard de la fille du directeur, le psaltérion arrivait à point nommé, au moment où le professeur l'évoquait par le détour d'un poème. Le piano n'avait été qu'un interlude. Il plaisait à Karl d'imaginer que par le truchement des doigts malhabiles de la maîtresse de maison s'était exprimée la déception ressentie en face des aléas qui guettent tous les projets.

Le directeur caressait le luth, le professeur s'était penché au-dessus de son épaule, cherchant à lire dans les craquelures de la laque, à la manière d'un augure auscultant la divine carapace de la tortue, l'âge du noble instrument.

— Regardez, Karl, les veines en fleurs de prunier; il a au moins six siècles.

— Les craquelures ne sont pas un critère fiable de datation; mais néanmoins c'est exact, il porte un sceau, il a été fabriqué par un lettré au XIIIe siècle.

Un psaltérion du XIIIe siècle, en parfait état, Karl croyait rêver! Il se pencha à son tour sur le luth et en caressa l'épiderme lustré, avec des tremblements de plaisir, comme si sa main rencontrait la chair lisse et palpitante d'une femme.

— Notre ami allemand ne veut-il pas nous montrer ce qu'il sait faire? Je suis sûr que c'est un expert!

Karl dut confesser que jamais il n'avait pu en tenir un entre ses mains qui ne fût une épave.

— Notre cher professeur ne veut-il pas s'y essayer... je sais qu'il a pris des leçons.

— Comme dit un de nos proverbes : « On ne manie pas la scie devant le roi des menuisiers. » Je suis un modeste étudiant, même pas un dilettante. Non, non, je ne veux pas me ridiculiser.

— Et si vous accompagniez père avec la flûte? Vous en jouez très joliment. N'ayez pas la cruauté de le laisser se donner seul en spectacle!

— Mais oui, c'est une bonne idée! Il existe des partitions pour cithare et flûte. C'est d'ailleurs le seul instrument avec lequel il est possible de jouer en duo, intervint Karl.

— La tradition s'en est perdue! Et même si elle s'était conservée ce serait impossible; nous appartenons à deux écoles de musique ennemies!

— Joue en solo, fit le directeur; cela fera une transition entre le piano et le timbre si particulier du psaltérion.

— Ma parole, il veut briller à mes dépens! La flûte paraîtra tellement vulgaire...

— Oh non! se récria Karl, la poétesse Sei-Sho-nagon ne dit-elle pas que rien n'est plus propre à séduire et à émouvoir...

— Oui c'est vrai, c'est joli, la flûte. Elle charme les sentiments, mais son chant n'est pas sublime.

Enfin, puisque notre invité en exprime le désir, je ne saurais le décevoir...

Le professeur sortit du salon, reparut avec une flûte en bambou qu'il brandit sous le nez de son collègue et dit en riant :

— Elle a pour elle la simplicité et la commodité, on peut la transporter dans sa poche. Jadis, les lettrés la serraient dans leur manche.

Il fit une pirouette, salua comme une *prima donna* et plaça l'orifice devant sa bouche.

Il y eut un frissonnement de volière; cent oiseaux pépiaient dans la pièce. Les longs doigts rompus aux arts du pinceau se mouvaient avec une virtuosité merveilleuse. Le jeu était sautillant, allègre; le professeur possédait une extraordinaire dextérité que gâtaient une certaine superficialité et un manque absolu de sensibilité musicale.

On applaudit beaucoup. Karl jouissait d'une réputation de mélomane. Il fut pris pour juge. Il sut s'extasier avec les termes qui convenaient

Le directeur ajusta sa tenue. Il plaça la cithare bien à plat sur une haute table et s'assit, le buste droit, la mine sévère. Ses doigts se déplacèrent un moment sur l'instrument, il pinça une corde, tritura les chevalets, tourna les pompons pour retendre les fils, puis ses mains se levèrent.

Karl sentit son cœur défaillir.

Le directeur avait de grosses pattes, courtes et épaisses. Mais en les regardant jouer, Karl croyait

voir voler deux mouettes au-dessus de la surface
vernie d'une mer calme et dense. Tantôt elles
demeuraient suspendues en l'air, largement ouvertes
comme des ailes éployées, tantôt elles s'abaissaient
sur les cordes, pincées d'un effleurement précis
comme un coup de bec. Ses mouvements avaient
lenteur et majesté. Son visage aussi était transfiguré.
La large face plate trouée de la double fente oblique
des yeux à paupière rétractile s'était figée dans
l'hiératique immobilité d'un masque. L'homme
semblait inspirer le souffle primordial. « Son corps
est du bois mort, son cœur de la cendre éteinte;
vraie est sa connaissance, ignorant et obscur il n'a
plus de pensée... », songea Karl qui y vit une sorte
d'ascèse mystique.

La fille écoutait, pensive, le professeur dodelinait
la tête, sa femme avait joint les mains. C'était la
caresse d'un vent tiède sur les fleurs roses du
prunier; c'était les gouttes de rosée multicolores,
gemmes étincelantes qui frémissent au bout des
herbes emmêlées de l'automne; c'était le soir, au
bord de la rivière, les feuilles de bambous effleurées
par l'haleine de la nuit; c'était une tonnelle de
feuillage baignant dans la clarté lunaire quand passe
une brise très molle, très douce; c'était une de ces
choses qui produisent une émotion profonde, mais
ce qui bouleversa Karl, c'est que du luth, noir
cercueil musical, aucun son ne sortait.

II

La fenêtre s'ouvre sur la mer, et l'air brassé du climatiseur fait danser les rideaux de tulle qui s'élèvent et s'abaissent, se tordent et se déploient comme des pensées vagabondes traversant le ciel noir d'une âme tourmentée. La nuit est si belle, si tiède; la lune joue sur le miroir des flots et des vaguelettes pâles courent l'une après l'autre tels des enfants mutins pour mourir sur le rivage en un mince fil d'argent. Les nuits sous les cieux subtropicaux gorgés d'haleines marines ont, même en hiver, une langueur bourdonnante et banale qui serre douloureusement la poitrine. Et par cette belle nuit d'hiver, où brillent au loin, pareils à des navires échoués, les feux des hautes tours, où l'éclat de la lune joue, comme dans un tableau à l'encre, avec les branches des pins et les rides de l'eau, Karl sent son cœur très lourd et très vide. Il a, posée sur le bureau de bois blanc de toutes les résidences universitaires, la cithare laquée à incrustations de nacre, sombre instrument de ses tortures présentes, ancien objet de ses espoirs, éternel sujet de sa thèse.

Il en caresse machinalement les cordes qui vibrent mais ne sonnent pas; la caisse de bois ensevelit les sons, comme un sarcophage engloutit la poussière des morts.

Mon luth repose sur la table,
je flotte au courant de mes songes.
A quoi bon égrener un air?
Le vent effleurant les cordes
saura chanter ce que je tais.

« Ah! soupire amèrement Karl, le vent peut-être, ou bien la lumière de la lune, les rayons du soleil, la rosée du matin, les mensonges des poètes, mais non la main humaine. »

A côté du luth prêté par l'obligeant directeur, agités par la brise avec un bruit de vieux ossements, s'entassent des feuillets, des fiches et des notes : toutes les recherches de Karl. La cithare à cinq cordes? Née de la nuit des mythes, si archaïque de forme et de structure que les conservateurs du musée de l'Homme en prirent l'épave qui pourrissait dans une de leurs réserves pour un tam-tam africain. Elle est du bois sur lequel se pose le phénix; avec son dessus voûté comme le ciel, son dessous plat comme la terre, ses chevilles douze comme les lunaisons, ses cordes cinq comme les éléments, elle accorde sa forme à l'univers dont sa musique règle le cours. Sur la cithare, Karl sait tout ce qu'il est possible de savoir. Tout sauf l'essentiel. Jusqu'à cette nuit, il n'en avait jamais entendu jouer ne serait-ce qu'un morceau, que quelques accords. Il ne pouvait s'en faire aucune idée; les partitions se contentaient de fournir des indications sur le mouvement des mains; elles ne notaient pas la mélodie. Celle-ci devait être connue pour qu'on la déchiffrât. Et la mémoire s'en perdait. Les vieux musiciens de la Grande Terre s'étaient éteints, les uns en raison de leur âge, les autres à la suite de persécutions. Ailleurs ils avaient été victimes de la modernité. La tradition de la cithare s'était tarie, sauf, disait une rumeur, dans la Ville. Dans la Ville une école en perpétuait le souvenir, de façon ténue, presque secrète, mais elle existait, quelque chose demeurait. Karl demanda une mission, une longue mission, d'un an, de deux ans; non seulement pour entendre, mais pour s'imprégner de l'esprit de la musique, jusqu'à pouvoir la reproduire, en jouer. Il voulait que son travail ne fût pas un herbier, une triste collection de notes séchées. Les pages de sa thèse devaient garder comme le souffle vibrant d'une expérience vécue.

Se peut-il qu'il ait été atteint d'une surdité passagère, due à une trop grande tension? Il entend le bourdonnement de l'air conditionné, il entend la trompe assourdie d'un navire qui mugit au loin, il entend les stridulations espacées d'un criquet solitaire; il entend tous les bruits, jusqu'au frôlement des ongles sur la soie quand il pince les cordes, mais pas une note n'arrive à son oreille. Une surdité sélective qui ne frapperait que la musique du luth? Qui sait? Ou bien... A moins que la cithare produise une musique trop parfaite pour être saisie par l'ouïe et qu'elle s'adresse, sans le truchement des sons, directement à l'âme? La grande musique ne trouble pas le néant, a dit un sage. Fallait-il prendre la formule au sens littéral? Il y avait aussi la fable du musicien et du mélomane en communion intime par la musique, une musique dont les arpèges muets ébranleraient les fibres de notre cœur, et feraient résonner en notes spirituelles la tristesse, la joie, la colère et l'espoir qui sont en nous. Alors pourquoi ce système de notation incomplet, qui ne permet de jouer que si on a entendu les airs? Pourquoi ces références constantes aux notes, à la gamme, à la mélodie, aux sons, en un mot? Pourquoi la poésie et la littérature en parlent-elles comme d'un instrument prestigieux certes, mais qui ne diffère pas des autres dans son essence? Serait-ce que les maîtres ont voulu en réserver l'accès aux seuls êtres d'élite? Qui sait? Si au contraire le psaltérion n'est silencieux que parce que la technique s'est perdue. Il se trouverait en présence d'une conspiration montée à l'échelle d'une civilisation et la séance de ce soir serait une mystification. Pourra-t-il pardonner aux quatre complices l'angoisse qui l'a étreint quand la musique s'est tue — non, pas tue, elle n'a jamais retenti —

quand le directeur a cessé de remuer les mains? Il
a fallu parler, trouver un mot à dire : « Je n'ai rien
entendu. Votre instrument n'émet aucun son? » Il
n'a pas pu. Il n'est pas le jeune enfant de la fable
qui s'écrie plein de candeur et de mauvaise éducation : « Le roi est nu »; trop courtois, trop inhibé.
Il a été pris d'un malaise. Quand il est revenu à
lui, ils étaient là, tous, autour de lui, à le regarder
d'un air inquiet et interrogateur. Affreux. Ils attendaient une explication. Il a cru s'en tirer en invo-
quant l'émotion trop vive, l'étrangeté de cette
musique toute nouvelle pour lui, très belle, évi-
demment, mais si déroutante.

Et s'ils étaient de bonne foi? Il y a quelque
chose de monstrueux dans ces soupçons. Ils se sont
montrés tellement prévenants, tellement gentils; le
directeur allant jusqu'à lui prêter, le temps qu'il
s'en procure une en bon état, sa propre cithare,
afin qu'il puisse s'exercer. Il ne peut croire qu'ils
aient cherché à le tromper délibérément. Doit-il
imputer à la malveillance d'autrui ce qui tient à
une déficience de son oreille? Qui sait si le son du
plus noble des instruments de cette nation qui a
érigé la fadeur au rang de grand style n'est per-
ceptible qu'à une oreille extrêmement aiguisée,
extrêmement subtile et avertie? Il lui arrive peut-
être avec la cithare ce qui arrive au béotien confronté
aux arcanes du goût. Des années d'apprentissage
sont nécessaires pour savourer le parfum d'un thé

vert. Lui qui se targue de posséder l'oreille absolue, il n'a pas l'ouïe assez fine non seulement pour apprécier cette musique mais pour qu'elle lui soit sensible. Qui sait encore si, de même que les chiens perçoivent des bruits qui échappent totalement à l'oreille humaine, ce peuple ne dispose pas, congénitalement ou par éducation, d'un sens qui lui permet d'entendre ce qui pour les autres n'est que silence?

Il y a là un lancinant secret à percer, autrement plus profond, plus inquiétant, plus essentiel que celui que Victor Segalen croyait devoir trouver derrière l'enceinte métaphorique des murs de la Cité violette. Sa mission qui n'avait primitivement qu'un but pratique : lui permettre d'achever sa thèse, afin d'obtenir un poste de titulaire, se charge d'un parfum d'absolu, elle prend le sens d'une quête du Graal.

Assis droit sur sa chaise, dans la posture correcte du joueur de cithare, Karl promène ses doigts sur les cordes et émet ces notes silencieuses, cette mélodie qui peut-être n'est pas faite pour être entendue, pulsations par où s'échappent les battements du cœur tels qu'ils retentissent dans notre sein. Pourtant, sans que rien d'autre que le silence réponde à la pression de ses mains, quelque chose résonne à ses oreilles qui est comme l'âme d'un chant plaintif, et le silence lui murmure d'une voix très haute et très pure un poème :

Les magnolias resplendissent immobiles.
Il y en a toujours qui tombent.
J'ai renfermé dans son étui ma guitare de jaspe,
j'ai rangé ma flûte de jade.
Seul, seul, avec mon cœur qui bat.
Demeurez avec moi ce soir,
chansons d'autrefois.

Par la fenêtre qui s'ouvre sur la mer, la lune déverse une pâle lumière d'argent sur les ombres indécises des rideaux flottant au gré du vent du climatiseur.

Après avoir déposé Karl devant le bâtiment des visiteurs, le directeur décide de passer à son bureau prendre des documents; cette nuit il sait qu'il ne dormira pas. Au moins il pourra travailler. Il demande à sa fille de l'attendre à l'entrée du quartier administratif. Il ne sera pas long, juste le temps de monter et de redescendre. Le bâtiment est encore éclairé; la Ville, ruche de béton et d'acier, ne connaît pas le repos. A l'étage de la section d'Histoire et de Philologie, un rai de lumière filtrant d'une porte troue l'obscurité du couloir à travers lequel retentit le bruit des pas du directeur. Une silhouette sort précipitamment de son bureau. Il reconnaît son assistant; qu'y fabrique-t-il à cette heure? Comment peut-il y être entré? Il n'en a pas les clefs. L'air d'un voleur pris sur le fait, l'assistant cherche à contourner son chef. Il bredouille une excuse. Par l'entrebâillement de la porte le directeur voit béer le tiroir de son fichier. Il pousse un hurlement sauvage. L'assistant profite de son émoi pour le dépasser, il file vers l'escalier, le directeur sur ses talons; dans sa course, une liasse de feuillets s'échappe de la chemise cartonnée qu'il serre sous son aisselle; il tente de la ramasser; mais le directeur est sur lui, fou de rage, l'écume aux lèvres. Le directeur a saisi son inférieur au collet, et le secoue. Fripouille, il a osé! C'est à lui, le directeur, qu'il doit sa carrière, mais il lui brisera les reins! L'assistant se débat, parvient à se dégager et accuse à son tour. Le voleur c'est l'autre qui a subtilisé un document précieux, propriété de l'université, et qui l'enferme à triple tour, sans penser à tous ceux qui en ont besoin pour leurs travaux. Lui par exemple, il le lui faut absolument pour finir sa thèse... D'ailleurs tout le monde à l'université en a assez de ces façons dictatoriales.

Les têtes qui se penchent ou se tordent le cou comme des gargouilles au-dessus de la rampe, pour ne rien perdre du spectacle, voient deux corps lutter. L'un d'eux vacille, trébuche dans l'escalier et dégringole les marches.

Ses hôtes partis, tandis que sa femme range les tasses et les assiettes à la cuisine, le professeur de Culture traditionnelle s'approche de la baie vitrée du salon. Il éteint les lumières et regarde ses fleurs. Les feuilles se découpent noires dans la clarté lunaire; il aime ce moment de contemplation tranquille, agreste. Il se penche. Il appelle sa femme. Elle le rejoint.

— Regarde! L'udambara, elle s'est ouverte maintenant, pour nous seuls. La dernière fois, tu te souviens, c'était il y a trente ans. Restons à la contempler, dans un instant elle sera flétrie. Emplissons-nous les yeux de ce spectacle fugace. N'est-ce pas curieux que ce soit des qualités étrangères à la beauté qui nous font trouver belles les choses? Les roses sont majestueuses, exubérantes, capiteuses et cependant, à côté de cette plante si peu prodigue et si modeste, elles paraîtraient communes, presque vulgaires. Peut-être parce qu'elle est un emblème; elle est précieuse, fragile et rare, comme les hommes d'élite. J'aurais été ulcéré qu'elle se montrât à des rustres. Mais vois comme elle est pleine de tact...

— Tu penses au jeune Karl? il est charmant pourtant.

— Mais non, tu sais bien que c'est à l'autre...

— J'avoue ne pas très bien comprendre...

— Pourquoi je lui ai dit de venir? Je ne puis étaler nos dissensions devant les étrangers. Il dirige un département dans notre université; il joue de la cithare — ce qui ne court pas les rues. C'est normal que je le présente à un professeur invité par notre section et dont c'est la spécialité!

33

— Il y a aussi...

Elle se mord les lèvres; mieux vaut ne pas s'engager sur ce terrain. Elle se reprend :

— Il y a encore autre chose! Qu'as-tu comploté, pourquoi était-il nécessaire que le directeur soit à la maison ce soir?

Le professeur a un sourire, regarde la fleur dont déjà les pétales se fripent, et reste silencieux.

III

On voit partout la mer. La mer, la roche et les hautes tours blanches. C'est un monde aride, aux lignes dures, que le couvert d'une végétation clairsemée et malingre ne parvient pas à adoucir lorsque, par les jours d'hiver, l'humidité tropicale cesse de l'enrober d'un fourreau de brouillard moite. Avec sa côte dont la courbure a l'impossible tension des arches de béton des monuments modernes, l'enchevêtrement de l'acier, du verre, du roc, du ciment et de l'eau, conjugués comme un camaïeu de matière froide, le port a tout d'un rêve pétrifié; loin de lui donner consistance, ce caractère minéral suscite une sensation d'instabilité. Il semble le fruit d'une illusion qui, pour être durable, n'en est pas moins un mirage dont la survie n'est assurée que par un effort constant et renouvelé d'autopersuasion.

Karl croit découvrir à ses pieds comme l'empreinte architecturale de l'impermanence du monde prônée par les bouddhistes sans éprouver le sentiment de se trouver en face d'une pure fiction; du moment qu'il en a reconnu la nature mensongère, celle-ci cesse de l'être. Il n'y a pas de secret à percer. L'évidence est son propre mystère, de même que l'insolente modernité étalée devant ses yeux fournit le plus éclatant témoignage d'un immémorial passé, enveloppant de la poussière des choses déjà vieillies les éclatants buildings.

De telles considérations sont tout à fait étrangères à l'attaché culturel; il ne doit être sensible qu'aux trompeuses similitudes que la vue offre avec la baie de Naples. Il a choisi le café en raison de son atmosphère tout italienne. La terrasse s'ombrage d'une tonnelle de pampre et de glycine, et des jardinières débordant de fleurs mettent des notes de couleurs fraîches et gaies. Assis à des tables en fer forgé, des clients, élégamment vêtus, mangent des sorbets géants, sirotent dans de grands verres des rafraîchissements ou des cocktails. Il y a là une douceur de vivre bien propre à satisfaire un sybarite pour qui le plaisir ne se conçoit jamais que sous sa forme extérieure, mais qui gêne Karl par son incongruité.

En compagnie de l'attaché culturel, qu'il a connu lorsqu'ils étaient étudiants à Paris, il attend un anthropologue américain de passage. L'anthropologue, dont ils ont suivi les séminaires, tenait à rencontrer Karl. Karl a déjà remarqué que la plupart des gens, dès qu'ils sont à l'étranger, cherchent à retrouver des compatriotes ou des connaissances, même si ne les lie aucune affinité particulière; une façon de lutter contre le dépaysement. Bien qu'il n'en eût aucune envie, il s'est cru obligé d'accepter. C'est en grande partie grâce à l'attaché culturel qu'il a pu obtenir sa mission, et celui-ci a beaucoup insisté.

Plongé dans ses pensées, Karl demeure silencieux, sirotant la bière locale tout en prêtant une oreille distraite à son compagnon qui lui livre les derniers potins universitaires. Il y est surtout question de basses intrigues. La place de recteur est vacante. La lutte entre les deux candidats les mieux placés, le professeur de Culture traditionnelle et le directeur de la section d'Histoire et de Philologie classiques, promet d'être particulièrement âpre. Les deux hommes sont en rivalité depuis toujours; à l'antagonisme de leurs deux maîtres respectifs qu'ils ont repris à leur compte, s'ajoutent une incompatibilité de caractère et une sombre histoire de documents volés. Karl n'en croit pas un mot. Il se dit que l'attaché culturel sait toujours tout mais ne comprend jamais rien. Lui les voit plutôt se livrer de rudes assauts de politesse et se battre pour se céder mutuellement la place.

L'attaché culturel s'apprête à raconter les démêlés d'une connaissance, une musicienne justement, avec les deux universitaires quand son récit est interrompu par l'arrivée de l'anthropologue, remorquant une grande blonde. Les cheveux dorés, les joues roses et le nez retroussé de la jeune femme font l'effet d'une sonnerie de trompette dans la symphonie monochrome des têtes. L'anthropologue est un de ces hommes qui ne peut aller nulle part sans traîner une fille dans son sillage. Elle est de passage dans la ville pour un congrès. Il l'a harponnée dans la cafétéria de l'université. Il l'a persuadée de l'accompagner. Elle pourra admirer l'un des plus beaux panoramas de la ville.

En faisant les présentations — la fille travaille sur Nietzsche —, l'anthropologue a un petit salut appuyé, comme pour montrer à Karl qu'il doit en tant qu'Allemand être sensible à l'intérêt qu'on prend à son patrimoine culturel, à moins que ce ne soit, en la personne d'un de ses représentants, un hommage rendu au génie allemand. Karl est agacé; il n'a rien à faire de Nietzsche. Il le considère comme la manifestation exacerbée de la discordance de l'âme germanique, la preuve la plus patente de l'échec de la conscience de soi occidentale.

Ils prennent place. L'anthropologue est agressif; une sourde animosité l'oppose à l'attaché culturel. Karl se dit que c'est la présence de la fille qui les excite. Une discussion éclate sur la Ville. La Ville fournit depuis toujours le principal sujet de conversation aux étrangers.

L'attaché aime la Ville; il aime la modernité, le monde qui change, les affaires, le commerce, l'efficacité. Il lui plaît que tout soit ouvert vingt-quatre heures sur vingt-quatre, que rien ne s'arrête

jamais. Tout fonctionne. On peut faire des place-
ments en bourse à deux heures du matin, souper
à quatre, se faire monter un repas d'un troquet.
Les blanchisseries lavent le linge jour et nuit, des
milliers de taxis sillonnent les rues en permanence
et vous conduisent n'importe où sans rechigner.
On a tout pour rien. La Ville change de physionomie tous les trois ans, des quartiers d'affaires
surgissent de la mer en quelques semaines. C'est
le miracle perpétuel. Ça marche; quelque chose de
nouveau et de formidable est en train de se bâtir...

Le cou de l'anthropologue se soulève de rage
comme celui des gros batraciens quand ils sont en
colère ou en érection.

En réalité on assiste au saccage d'une culture, il
ne veut pas parler de la culture en boîte, de celle
qui est dispensée par l'université, par les lettrés,
éteinte avant d'être née, ou de celle qui est embau-
mée dans les musées et les salles de concert. Non,
il parle de la culture vivante, de celle qui fait l'âme
d'une civilisation, de la culture populaire. Ça c'est
grave. Les temples sont rasés ou laissés à l'abandon;
les associations traditionnelles, les communautés
locales se dissolvent et avec elles disparaissent les
cérémonies religieuses et leur cortège de représen-
tations théâtrales, de spectacles de marionnettes, de
chants et de danses. Même les guildes — il prononce
le mot en poussant avec force le « gue » entre ses

lèvres roses et charnues comme un jet de venin —
même les guildes sont menacées.

Il faut que le monde s'adapte et se transforme,
s'entête l'attaché culturel, et eux ils ont compris
que la banque, les affaires, et l'entassement des
gadgets sont un spectacle, un art en soi. L'activité
fébrile de la cité a la trépidante beauté d'un hap-
pening. De nouvelles formes artistiques, synthèse
de la culture traditionnelle et des formes d'expression postmodernes, sont en train d'émerger; il se
produit des tas de choses intéressantes, une fer-
mentation, un bouillonnement plein de promesses.
Quant au reste, ce ne sont que des survivances,
des débris encombrants qu'il est inutile de préser-
ver. Plutôt rien du tout qu'une culture morte.

Karl essaie de dire que se perpétue encore un
grand art traditionnel qui, pour être discret, n'en
est pas moins vivant. A l'université, il a rencontré
des représentants de l'ancienne culture, qui n'ont
rien de fossiles.

L'anthropologue le foudroie du regard. Karl est
frileusement replié sur les intellectuels et les lettrés.
Mais la vie est ailleurs. Elle n'est pas à l'université.
Elle est dans la société réelle; dans les associations,
les communautés cultuelles, dans les guildes. Le
peuple. Ils oublient la culture populaire. Pas plus
tard que dans trois jours, il les conduit tous les
trois à une cérémonie formidable, un rite de pardon
des âmes, phénomène social total où se trouvent

impliqués la religion, les rapports sociaux, le théâtre, la poésie et la musique. Oui, la vraie musique, avec trompettes, cymbales, harmonicas et orgues à bouche, pas celle desséchée et aphone de ses docteurs en chambre, qui se joue entre quatre yeux...

L'attaché culturel a un air goguenard. Un tel spectacle doit être organisé par le musée des arts et traditions populaires à l'intention des spécialistes des religions, parce que, à sa connaissance, pour ce qui est des cérémonies, des cultes et des carnavals, la Ville est un vrai désert. D'ailleurs ses habitants sont des robots; ils ne savent pas ce que c'est que se divertir; ils ne pensent qu'à bosser et à faire du fric.

Karl se demande s'ils se rendent compte à quel point ils se contredisent eux-mêmes, tant ils ont soif de contredire l'autre.

La masse bouclée des cheveux poivre et sel s'ébouriffe autour du visage congestionné de l'anthropologue. Le cou se gonfle et se dégonfle comme les branchies d'une baudroie au bord de la suffocation. L'antagonisme est à son comble. Pour détendre l'atmosphère, à moins que ce ne soit pour ramener sur elle l'attention de ses compagnons, la philosophe saisit au vol le mot université. Elle raconte un curieux incident survenu à la faculté où se déroule le colloque. Un professeur, un des intervenants (qui a fait au demeurant quelque chose de très trapu sur la calligraphie et la conscience du corps propre), a eu une altercation avec un de ses assistants et l'a précipité au bas de l'escalier. Le malheureux en a pour des semaines d'hospitalisation. Il voulait simplement récupérer un manuscrit que son patron s'était approprié. Ce dernier l'a pris la main dans le sac. Incroyable, des gens qui passent pour tellement civilisés! Elle s'embarque dans des considérations psychosociologiques sur les instincts belliqueux qui transcendent les cultures. Ardrey est convoqué ainsi que ses analyses sur la guerre des fourmis; cela débouche, c'est inévitable, sur « l'incontournable » Huizinga : guerre, jeu, sexe et science.

L'attaché culturel jette à Karl un regard en coin. Celui-ci est écœuré; il a le sentiment d'une profanation. Quand il pense à l'harmonie, à l'exquise politesse qui régnaient entre les convives l'autre soir. Aiguisé par le mouvement même des âmes, le silence y vibrait des résonances du pur esprit. Quelle différence avec ces trois-là; leur logorrhée n'exprime que les plus bas instincts. Des sauvages, des primitifs, pire, des animaux : deux singes se disputant une guenon! Et dire que non contents de se vautrer dans l'ordure, il faut qu'ils en éclaboussent les autres!

Il se lève, il veut partir, il doit d'ailleurs partir. Il faut qu'il écume les brocanteurs du quartier de la rade pour trouver une cithare. Tous se lèvent; chacun se découvre une occupation. La philosophe doit passer à son consulat, l'anthropologue a des courses à faire de ce côté. Ils rentreront ensemble. Une lecture poétique attend l'attaché au Centre culturel. La fille lui propose, puisqu'il est sans voiture, de le déposer : ils vont au même endroit. Il est sur le point d'accepter. Les joues de l'anthropologue s'agitent spasmodiquement et il siffle : « S'il monte dans la voiture, moi je prends le métro. »

IV

Le temple surplombait un pan de campagne dérobé à la voracité de la ville. Un escalier très raide, encadré d'une balustrade de pierres laquées en vermillon, y menait. Le bâtiment, carré, était coiffé d'un toit retroussé en tuiles vernies qui lui donnait des allures de vespasienne dans un parc suisse. Il s'ombrageait de quelques vieux pins, de trois bananiers souffreteux et d'un beau banian. On accédait au sanctuaire par une terrasse dallée après avoir franchi un portail tarabiscoté. Plus haut, sur la colline, le monastère, massif et gris comme un blockhaus, flanqué de pagodes rouges et jaunes, jetait une ombre qui se voulait tutélaire sur le frêle édifice.

Karl fut accueilli par une atmosphère de liesse. On aurait dit une fête foraine. Une fête à la fois pagailleuse et tranquille. Les enfants endimanchés étaient d'une sagesse exemplaire, jusque dans leur exubérance qui n'outrepassait jamais la joie permise. Les gens s'interpellaient avec des sons plaintifs et criards d'oiseaux de mer. Les effigies bariolées de dieux en papier surmontaient des montagnes de mets et de friandises. Les simulacres de tous les biens matériels dont les morts pouvaient avoir besoin : maisons, jardins, mobiliers, vêtements et surtout argent, s'entassaient en hautes pyramides. Il y avait des moines jongleurs, et des marionnettistes montaient leur théâtre. Des boutiques ambulantes proposaient les nourritures les plus diverses. De forts effluves d'huile chaude, de gingembre et de graisse caramélisée se mariaient au parfum de l'encens, convivial écho olfactif de cette union de plaisir profane et de célébration sacrée. Il y avait aussi des marchands de glaces, des étals d'articles religieux, des vendeurs de ballons et de pétards.

Karl avait marché au hasard dans les rues, selon sa coutume allant à la découverte de la Ville dans une longue dérive; mais celle-ci jusqu'alors ne lui avait réservé aucune surprise. Il avançait dans un interminable corridor d'allées rectilignes ou sinueuses enserrées entre des buildings dont la surface luisante ne laissait aucune faille; elle ne lui fournissait même pas l'image de sa propre forme qui eût pu lui permettre de se réfugier encore dans son moi ou au contraire de le fuir, elle se contentait de réfléchir à l'infini d'immenses perspectives de verre dont les yeux noirs et vides renvoyaient à leur tour le reflet démultiplié d'autres enfilades d'avenues qui ne possédaient que l'énigmatique transparence du néant.

Enfin il avait trompé la vigilance des miroirs. A moins qu'ils n'eussent voulu récompenser sa persévérance en le conduisant à un quartier ancien où s'ouvrait cette plage de verdure. En dépit de son architecture banale, le temple avait la beauté de l'insolite — celle d'un lambeau d'espace ou de temps dérobé à l'inévitable. Karl, du bas des ruelles tortueuses et grises, avait entendu une rumeur joyeuse. Il était monté.

Soudain, entre la houle brune des têtes, qu'elle dominait légèrement, Karl aperçut une masse plus claire de cheveux frisés. Elle couronnait un visage rond, dont les lèvres gourmandes s'ornaient d'une épaisse moustache poivre et sel. C'était l'anthropologue. Il s'avançait vers lui, les bras tendus, tout sourire, ravi, comme s'il savait depuis toujours que le hasard lui ramènerait par la main l'enfant rebelle qui s'était échappé. C'était gentil! Il n'avait donc pas oublié! Il verrait, il ne serait pas déçu. Il allait entendre la vraie musique traditionnelle dans son cadre, dans son décor naturel, lequel lui donnait son véritable sens, de nature religieuse naturellement, car il n'est art traditionnel qui ne possède une dimension religieuse — attention, pas sacrée, religieuse —, c'est-à-dire ayant pour but l'intégration de toute la communauté des vivants, à travers la communion avec les morts.

Il avait pris Karl par le bras et lui parlait très doucement, les yeux dans les yeux, sur un ton

pénétré et confidentiel. Karl voyait sa bouche rouge
bouger, agitant la grosse chenille de sa moustache
sur laquelle les rayons du soleil couchant faisaient
courir comme des fils de la Vierge, fort jolis et fort
délicats, mais il ne parvenait pas à fixer son attention sur les mots qui en sortaient; ils se dissolvaient
en un bourdonnement vain, dans le brouhaha des
préparatifs. Il devait lui parler du spectacle de
marionnettes, une version très rare du mythe de
l'ouverture des enfers. La musique surtout était
intéressante; il y avait un joueur d'unicorde fameux.
Karl crut comprendre qu'il lui demandait sa col-
laboration pour une étude de la musique rituelle.
L'atmosphère de kermesse, avec son accompagnement de cris, de sueur, de poussière, de coups de
gongs et de cymbales lui donnait le vertige, aggravé
encore par le mouvement des lèvres de l'anthropologue. Il trouvait cela en définitive commun.
Rien à découvrir au cœur même de l'apparence;
c'était tout juste bon à faire les délices d'un esprit
épais comme celui de son mentor. Tout à coup la
pression qu'il sentait s'exercer sur son bras se relâ-
cha; le murmure s'était tu. Son compagnon l'avait
abandonné et fendait la foule en direction d'un
petit groupe formé du professeur de Culture traditionnelle et de quelques étudiantes. Karl le suivit.
Le vieux lettré expliquait qu'il était venu assister
au spectacle de marionnettes. Il avait fourni à la
troupe le livret et l'accompagnement musical tra-

52

ditionnel, qu'il avait pu restituer. « Cours toujours,
la Faculté est derrière toi », pensa Karl avec amuse-
ment; l'ethnologue devait être furieux de se voir
rattrapé par l'université qu'il prétendait fuir!

L'attaché culturel s'était joint à eux. Peut-être,
s'étant rabiboché avec l'anthropologue — la philosophe n'était plus là pour semer la discorde entre
eux — s'était-il souvenu de son invitation, à moins
que, comme lui, le hasard n'ait conduit ici ses pas,
ou bien était-ce tout simplement un événement
culturel important? Karl se souciait trop peu de
lui pour approfondir la chose. Son attention était
captivée par l'une des jeunes filles.

Un visage triangulaire, aux traits extrêmement
mobiles, surmontait un long cou. De grosses barrettes en cuir hérissées d'épingles retenaient ses
cheveux en un chignon sophistiqué. Ses yeux, larges,
très obliques contrastaient avec la bouche, qu'affaissait une moue un peu boudeuse; un joli mouvement plein de hauteur fronçait sa narine. On ne
pouvait pas dire qu'elle fût vraiment belle; mais
il y avait en elle quelque chose d'orgueilleux, d'af-
fecté et de violent qui attirait le regard. Sa mise
aussi tranchait sur les autres filles de la ville, toujours nettes et tirées à quatre épingles. Elle était
plutôt mal fagotée avec sa large jupe noire coupée
de travers, et sa blouse folklorique grecque. Les
sourcils levés, les coins de la bouche tombants, les
yeux promenant alentour — et particulièrement sur

l'anthropologue — des regards insolents, elle semblait une incarnation du dédain.

Karl s'avança et l'on fit les présentations. La statue animée du dédain portait un nom où entrait le mot fleur mais qui signifiait Cactus. Il y avait encore Éveil, au visage tout rond, Yam Yam Tam, ravissante et pépiante comme un oiseau des îles, Lili et quelques autres. Toutes étudiaient l'art du luth à l'Académie de musique noble.

L'anthropologue entreprit Yam sur leur choix. Pourquoi cet instrument ingrat et poussiéreux, et non la vraie musique, le pipeau, les cymbales, l'unicorde ou la viole? Elle verrait comme c'est beau, il lui en ferait entendre des enregistrements si elle venait à Yale. Cactus lança une impertinence. L'anthropologue rougit et son cou se gonfla.

Karl était désemparé; en y réfléchissant, il trouvait le comportement du professeur curieux. Pourquoi ne lui avait-il jamais parlé de l'Académie, ni proposé de l'y introduire? S'il s'était simplement agi de faire silence sur le silence de la cithare, il ne la lui aurait pas fait entendre. Peut-être son ami surpassait-il en virtuosité les élèves de l'Académie? Mais tout de même, puisque le professeur était lié aux élèves de l'école de musique, il devait fréquenter les maîtres, dont on pouvait s'attendre à ce qu'ils sussent jouer.

A moins qu'au contraire ce ne fût un insigne honneur, une marque d'élection que d'être formé à l'Académie. Le professeur se serait déconsidéré en présentant quelqu'un qui n'en était pas digne. Il voulait d'abord le connaître, s'assurer de ses mérites. Ou bien s'agissait-il de lui faire subir un examen, de le soumettre à une initiation — au sens fort du terme, au sens religieux, comme aurait dit l'anthropologue? La séance de musique muette était la première épreuve. On avait d'abord sondé sa sincérité, la vertu cardinale de l'honnête homme. Une façon de lui laisser le choix entre la loyauté et la politesse. La fausse politesse naturellement, celle qui n'est que décorum et non mouvement du cœur. Il était tombé dans le piège. Il aurait dû parler avec franchise; il s'était empêtré dans un mensonge, qui, sous couvert de bonne éducation, n'était que le désir des gens vulgaires de paraître distingués. Mais fallait-il être retors pour le mettre dans une situation pareille! Et ceux qui se livraient à ce genre de jeu avec leur hôte ne pouvaient-ils pas à leur tout être taxés de malhonnêteté et de muflerie? Ou bien se trouvait-il simplement confronté à des règles de préséance, à une forme de délicatesse qu'il ignorait? Étant enseignant, et étranger de surcroît, le lettré ne voulait pas le mettre dans une position subalterne d'élève vis-à-vis de personnes plus jeunes et moins haut dans la hiérarchie. Pourquoi fallait-il qu'il retournât sans cesse depuis trois jours les mêmes pensées? Tout était peut-être très simple, et il ne voyait de mystère

qu'en raison d'une connaissance insuffisante de cette
société. Tant de subtilités et de nuances lui échap-
paient encore.

Le soir était tombé. Les pointes incandescentes
des bâtonnets d'encens trouaient l'obscurité comme
des lucioles; des lampions et des torches éclairaient
les grands échafaudages de papier. Le théâtre de
marionnettes était maintenant illuminé. Le spectacle
allait commencer. Ils se turent; l'anthropologue
courut préparer son matériel, caméra, projecteur et
magnétophone.

La pièce racontait l'histoire d'un saint moine
qui, aidé de ses deux acolytes, un cochon et un
singe, va délivrer sa mère des tourments des enfers.
Dans l'encadrement des rideaux miniatures, une
succession de tableaux en égrenait les supplices avec
une savante et naïve horreur. La fixité des traits
des mannequins réduits chacun à exprimer dans
une grimace unique une souffrance rigoureusement
circonscrite par un type spécifique de torture en
rendait la douleur, sublimée en archétype, presque
insoutenable. Le moine combattait des démons et
ses deux assistants se livraient à des plaisanteries
obscènes. Les pantins se mouvaient au rythme d'une
musique discordante; parfois s'élevait en solo le
timbre extravagant de l'unicorde qui gémissait et
pleurait comme les âmes des damnés. L'assistance
riait, rotait, s'ébaudissait, crachait des pépins de
pastèque, tout le monde allait et venait sans gêne

aucune. A cela Karl ne trouvait rien à redire. Il avait décidé d'aimer ce laisser-aller bon enfant; il lui semblait manifester une très saine sollicitude pour les exigences du corps. C'était le spectacle qui le décevait. Le charme du divertissement était trop frais, trop candide pour qu'il pût même le percevoir. Plus élaboré et donc plus frelaté, il en eût reconnu la séduction perverse tout en condamnant son caractère décadent, au nom de son refus de l'esthétisme au second degré. Il se peut aussi que ne possédant pas un jugement sûr, il se calquât inconsciemment sur son entourage en qui il voyait des arbitres du bon goût.

Les traits du visage de Cactus vibraient d'ondes de désapprobation; son nez remuait, les coins de sa bouche avaient des contorsions de limace suppliciée, une ride verticale barrait son front entre les sourcils; ses yeux, légèrement saillants, roulaient avec férocité dans ses orbites, et les tempes, qu'elle avait naturellement déprimées, se creusaient douloureusement. Les épingles de ses barrettes de cuir pétillaient de lueurs mauvaises et conféraient à la masse de ses chignons, dont les limites incertaines se fondaient dans la pénombre en une multitude de ramures, l'apparence d'une plante épineuse monumentale et terrifiante. Dans le contre-jour blême et brasillant des torches qui l'éclairaient par saccades, le visage déformé par les tics et le corps parcouru de tremblements, elle s'était muée de statue du dédain en incarnation du dégoût.

A côté d'elle Éveil était l'image même du désintérêt; debout, la tête appuyée sur sa propre épaule, les yeux hermétiquement clos par la double épaisseur des paupières rétractiles, la bouche entrouverte, elle dormait d'un sommeil si lourd que rien ne semblait pouvoir y mettre fin, ni le baiser du plus beau des princes charmants, ni les trompettes du Jugement dernier. L'abyssale et paisible profondeur de cette coquille de sommeil derrière laquelle Éveil s'était enfermée exprimait, dans son indifférence même, un mépris encore plus total que sa voisine. Karl lisait un détachement similaire dans les minauderies de Yam Yam Tam devant l'anthropologue qui filmait; à chacun de ses commentaires sur les épisodes de la pièce, elle battait des cils, découvrait ses jolies dents et, secouant sa jolie tête, creusait des vagues moirées dans le flot de sa longue chevelure, comme pour tromper son ennui par ce badinage. Si Karl les avait mieux connues alors, il aurait su que ce qu'il surprenait dans leurs mimiques, ce n'était point une critique rendue dans le langage expressif de chacune, mais la manifestation de leur être intime. Un esprit rebelle et piquant alimentait le dédain de Cactus, la vie d'Éveil était un perpétuel sommeil, et la tête vide de Yam bruissait du vent de la futilité comme une harpe éolienne.

Karl, sans savoir comment, se trouva embrigadé dans la petite troupe formée par les jeunes filles et le professeur. Le temps avait passé très vite, malgré ou peut-être en raison de son inattention. Il avait perdu le fil de la représentation, pour suivre le déroulement de l'action à travers le spectacle autrement plus captivant du visage de Cactus, renvoyant un reflet hautement expressionniste de la pièce. Qui donc l'avait prié de se joindre à eux? Était-ce le professeur ou une de ses charmantes amies? Avait-il échangé quelques mots avec elles? Il n'en avait nul souvenir. Tout ce qu'il voyait, c'est qu'il se dirigeait en leur compagnie vers le monastère. La petite bande avait projeté de rendre visite à une nonne après le spectacle. L'attaché culturel leur emboîtait le pas, mais ils avaient semé l'anthropologue. La séduction de Yam n'avait pas réussi à le détourner de son « terrain ». Il lui restait à enregistrer les phases les plus cruciales de la cérémonie, la crémation des simulacres et le pillage des offrandes, très dramatiques et très impressionnantes, ainsi qu'il l'avait expliqué à Yam pour la retenir.

Ils s'engagèrent dans un chemin tortueux, trouvèrent des marches de ciment qui les menèrent jusqu'au grand édifice. Il avait abrité jadis jusqu'à plusieurs centaines de nonnes; maintenant il n'y en avait plus qu'une trentaine, et une partie du bâtiment était en ruine. Ils traversèrent des enfilades de salles décorées d'idoles aux dorures écaillées.

Parvenus à l'aile moderne, la seule habitée, ils entendirent un chant monotone rythmé par les claquoirs de bois et les cymbales. C'était un son continu et sourd qui montait et descendait comme le reflux des vagues. Parfois, lentement, imperceptiblement il se muait en un chant harmonieux, puis retombait dans un murmure confus. On eût dit que le bruit indistinct des flots s'organisait en langage avant de retourner au mugissement primordial de la mer. Dans une salle rutilante, où trônaient gigantesques, les trois aspects de la Divinité, éclairées par la lumière cruelle du néon, assises en tailleur, une vingtaine de nonnes vêtues de robes grisâtres psalmodiaient des cantiques. Elles inclinèrent leur tête rasée jusqu'au sol, se relevèrent, tournèrent en procession autour des statues. Les longues soutanes découvraient à chacun de leurs pas des ongles blanchâtres sanglés dans la bride rose de leurs sandales de plastique; on aurait dit qu'elles avançaient sur des prothèses dentaires. Elles disparurent dans un chuintement de caoutchouc mystique et chirurgical, laissant flotter derrière elles un parfum suret de dévotion. Karl avait été si enchanté par la reposante harmonie de ce chant où toutes les voix, fondues en un seul et même marmottement, semblaient provenir d'un unique gosier, qu'il passa sur les quelques détails discordants; il se plut à y voir la compréhension vraie de la doctrine.

L'amie religieuse les reçut dans une pièce simplement meublée sans être austère et leur offrit un thé cultivé par les nonnes. Karl à un reniflement expert en reconnut l'espèce. Il levait sa tasse avec art et saluait les convives avec un élégant mouvement des mains, le petit bruit sec de son poing frappant la table accompagnait en une métonymique génuflexion de politesse le glouglou de l'eau que la nonne versait sur les feuilles; il effectuait les gestes de courtoisie avec un grand naturel, déployant toute sa maîtrise de l'étiquette. Sans l'attaché culturel sa béatitude eût été sans mélange. Il était partagé entre le plaisir de briller, le scrupule que ce ne fût aux dépens d'un autre ravalé au rang de faire-valoir, et l'appréhension que la balourdise de ce dernier finît par rejaillir sur lui et lui fît honte. Ses craintes se révélèrent sans fondements. Quoique gauche et embarrassé dans ses gestes, l'attaché culturel ne commit pas d'impairs graves. Il complimenta Éveil sur sa ressemblance avec les statues gréco-bouddhistes. Puis s'étant ainsi acquis la neutralité de la sévère Cactus, il se fit oublier en restant muet tout le long de la soirée, soit que la présence d'une image charnelle de l'Illumination l'eût rendu méditatif, soit, plus probablement, que sa difficulté à s'exprimer en toute autre langue que la sienne lui eût clos le bec.

Karl n'avait vu jusqu'alors dans Éveil qu'une grosse fille joufflue. Mais loin d'admirer l'attaché

culturel pour avoir découvert, au-delà de la forme
prêtée aux choses par le regard mondain, une
correspondance subtile et secrète, il s'exalta à la
pensée que l'extrême raffinement, l'extrême spiri-
tualité de la compagnie avaient en une sorte d'immatérielle imposition dessillé les yeux de l'aveugle,
rendu la raison au sot. Il vivait une nuit miracu-
leuse. Une joie sublime, décantée de toute préoc-
cupation mesquine, emplit son cœur. On parla
musique; il sut citer la parabole du luth dont se
servit Bouddha pour illustrer la bonne pratique de
la doctrine. En un mot, il séduisit l'assistance.
Cactus eut un froncement de narines encourageant;
une moue approbatrice releva même un bref instant
ses lèvres dédaigneuses. Le sommeil d'Éveil s'éclaira
d'un sourire creusant des fossettes dans ses joues
rondes. Yam eut des frissons de colibri s'ébrouant
dans un chaud rayon de soleil. Le professeur émet-
tait de petits rires de contentement. La nonne
l'attira jusqu'à la vasque vivement éclairée par la
lumière d'un lampadaire, aspergea les feuilles de
lotus avec de l'eau; le liquide se fragmenta en
quelques gouttelettes qui roulèrent, larmes de mer-
cure brillant, sur le tapis pelucheux des feuilles,
tourbillonnèrent follement avant d'être rejetées dans
la fontaine. Elle se lança alors dans un petit sermon
sur la nature de Bouddha, semblable au lotus, sorti
de la boue sans être souillé, frappé par la pluie
sans être mouillé.

— Rentre tes péroraisons et garde-les pour les touristes! coupa Cactus, tu nous fais honte! De quoi avons-nous l'air! la sagesse consiste à adapter le discours à son interlocuteur; tu ne vois pas qu'il pourrait t'en remontrer en fait de théorie boud-dhiste.

Karl en rougit de plaisir. Se tournant vers lui, elle eut un sourire engageant; les traits presque empreints de douceur, elle lui parut soudain très belle. Elle l'interrogea sur ses études. Il s'intéressait à la cithare. Savait-il qu'on ne pouvait comprendre cette musique que si on en jouait? Il le savait. Il voulait aussi apprendre. En avait-il déjà entendu? Oui, il y a quelques jours, pour la première fois. Le directeur de la section d'Histoire et de Philologie en avait joué à une soirée chez le professeur. Elle haussa les épaules : « Ah, lui... Un ex-élève de Yam... Il bouge les poignets. » Mais pourquoi ne viendrait-il pas à l'Académie? Il savait où c'était? Tout près de l'aérodrome, et elle lui donna l'adresse.

Devant son air surpris, elle ajouta en guise d'ex-plication :

— Les avions ne passent pas tout le temps, et puis notre musique est surtout intérieure.

Karl ne sut pas s'il cédait à l'appel d'une voca-tion ou à la promesse d'un sourire, précieux et fugitif comme la fleur d'udambara.

v

L'Académie de musique noble se trouve au premier étage d'un immeuble d'angle, bas et délabré. Avec ses flancs gris fer où s'ouvrent de grandes baies cerclées de rouille, on dirait un vieux navire enfonçant son étrave fatiguée dans le carrefour. Et, de fait, l'Académie est un bateau en détresse dont l'équipage s'emploie en permanence à colmater les voies d'eau. Cette lutte acharnée pour sa préservation l'accapare à tel point que sa fonction principale consiste moins à apprendre à jouer de la cithare qu'à se démener pour que l'enseignement en reste possible, si bien que cette activité seconde, en supplantant le but premier qui l'a motivé, empiète sur sa mission.

L'Académie de musique noble se débat dans des problèmes de cordes; elle connaît aussi des problèmes de tables d'harmonie, sans parler des problèmes d'argent. L'Académie à vrai dire est submergée de problèmes. A peine une crise est-elle surmontée, qu'une nouvelle catastrophe sollicite toute l'attention des élèves et de leur maître, ne leur laissant ni trêve ni répit.

Jadis on se procurait des cordes chez n'importe quel luthier; il y avait des artisans spécialisés. Les cordes étaient inusables et, ébouillantées dans une décoction de feuilles de mûrier, ou bien mises à cuire avec de la glu, elles retrouvaient toute leur jeunesse. La désaffection dont la cithare fut victime au début du siècle a été fatale à la profession. Au milieu des années cinquante il ne restait plus dans le monde entier qu'un seul atelier, en Grande Terre. Il dut fermer à son tour, soit par suite des bouleversements qui ravagèrent le pays, soit tout simplement par manque d'ouvriers qualifiés. La fabrique de psaltérions de la Ville, l'unique de la planète, fournit, avec les instruments qu'elle vend, un jeu de cordes, mais celles-ci n'ont ni la résistance requise ni une belle sonorité. Tressées trop lâche avec de la soie médiocre, elles s'effilochent, se distendent ou bien rompent au bout d'un an, voire de quelques mois et la maison se refuse à en vendre séparément. Aussi les malheureux joueurs sont-ils toujours à la recherche d'une corde numéro cinq, la plus mince et la plus sollicitée, car la cithare joue dans le registre des aigus.

Il y a bien une solution : employer des cordes de koto, le grand frère vulgaire et renommé, mais pour un vrai amateur — et tous le sont à l'Académie — c'est un sacrilège. On préfère recourir à d'autres expédients. Les élèves passent leurs journées à écumer les brocanteurs et les foires à la ferraille ou à tresser des fils de soie. Autrefois, la chine était payante : une fois, l'Académie put acquérir un stock de cordes provenant de la liquidation d'une boutique de fils et cordons en faillite. Mais la cithare est passée de mode depuis des lustres, la plupart des amateurs sont morts et leurs biens ont été vendus et dispersés ; la source est pratiquement tarie. Dégotter des cordes d'occasion est devenu un événement.

La qualité de la soie a baissé ; on ne trouve pas des brins aussi solides que dans le temps et toronner des cordes serrées et lisses est un art. Celles qui sortent des doigts des élèves sont fragiles ; elles se détendent ; la qualité de la musique s'en ressent. Les meilleures encore sont obtenues avec de vieux bas de soie ou de nylon. On les découpe en lanières, puis on les étire à l'aide d'un poids en les accrochant au plafond, avant de les rouler jusqu'à former un mince fil, raidi par un empois de colophane et de résine. De vieilles chaussettes pavoisent les appartements des élèves comme si elles étaient le drapeau de l'Académie.

A part les cordes, il y a encore les mèches en velours de soie des chevilles. Elles ont disparu du commerce. Les anciennes chevilles duraient toute une vie ; leurs ersatz sont loin de posséder cette longévité. Ils cassent, ou s'allongent. Les embrasses des rideaux du Grand Hôtel fournissent le meilleur substitut. Lili et Cactus se sont fait une spécialité de les couper et de les emporter en déjouant la surveillance du personnel.

Les journées des élèves sont dévorées par cette quête; en outre, en raison de la fragilité de ces éléments, la part déjà réduite de la leçon dévolue à la musique proprement dite est gaspillée à les remplacer et à les tendre. Fixer les cordes d'une cithare demande la même dextérité et la même science que la marine à voiles. Il y a quelque chose de nautique dans le luth; dans sa forme déjà, mais plus encore dans son accastillage. Une cithare se grée comme un clipper. Le fond est pourvu de taquets, d'écoutilles, de drisses, de gorges, où s'arriment solidement les câbles qui bruissent silencieusement sous la caresse d'une main légère comme un zéphyr. Et la petite bande des jeunes filles, dans leur tricot marin, un bout de corde entre les dents, la cithare coincée entre les genoux, nouant leur fil d'une main experte autour de ces espèces de cabestans que sont les pieds d'un psaltérion, évoque irrésistiblement des matelots ferlant les voiles d'un vaisseau ballotté par un ouragan invisible.

Les boîtes de résonance, une chasse et un tracas perpétuels. Les cithares, même réduites à leur seule table d'harmonie et à leur fond, sont de rarissimes reliques. On n'en trouve ni chez les antiquaires ni dans les monts-de-piété. Quand, par miracle, on en découvre une chez un particulier, c'est une ruine. La laque s'écaille, le bois gondole. Il faut la redresser dans des formes métalliques qu'elle gardera toute sa vie comme un corset d'invalide; sa sonorité elle aussi est celle d'un blessé de guerre.

Une bonne cithare, une cithare dont le chant jaillit et pétille comme le feu pur d'un cœur ardent, doit être faite de bois de phénix très vieux et très sec. Les meilleures sont taillées dans les troncs millénaires calcinés par la foudre ou bien dans les poutres faîtières des palais consumés par les flammes. Leur timbre très aigu, transparent comme la rosée, a la tristesse d'une larme d'adieu. Celles que fabrique le luthier de la Ville sont en bois neuf, en bois presque vert; elles émettent un son mouillé, chuintant et bas. Dès qu'ils savent placer leurs doigts, les débutants cherchent à les remplacer par un instrument ancien; ou bien ils se mettent en quête d'un morceau de bois de paulownia très dur et très vieux. Ils hantent les chantiers de démolition, visitent les radoubs où se débitent les vieilles jonques, fouillent les cimetières qui livrent quelquefois les imputrescibles cercueils des dynasties défuntes. Ils déambulent sur la grève. La mer rejette de temps en temps les blocs de bois qu'elle a poncés et blanchis comme des ossements; ils ont la dureté de la pierre et le timbre du cristal. Ils confient leur prise au luthier, pour qu'il en tire une cithare dont le cri soit le sanglot déchirant de leur âme. Et pourtant l'instrument élégant et funèbre qui leur revient, pour bon qu'il soit, ne possède jamais la sonorité profonde des anciens. Peut-être est-ce la facture, ou bien la laque. La laque est essentielle. Sans laque une cithare ne vaut rien. Il faut en passer six couches, chacune à six mois d'intervalle. Plus personne ne le fait. La peinture des vieilles cithares, sous l'influence corrosive du climat humide s'écaille; on doit les poncer et les recouvrir d'un nouvel enduit. Elles perdent ainsi une partie de leur qualité. Les instruments sublimes disparaissent au fil des ans sans être remplacés.

Karl apprit tout cela peu à peu, après son entrée à l'Académie. Il avait beau savoir que la cithare du directeur était une rareté, une merveille, il n'avait pas réalisé jusqu'alors à quel point elle était exceptionnelle, unique. Une vraie pièce de collection, un objet de musée. D'ailleurs elle appartenait à un musée; le directeur l'avait « empruntée » au Trésor national du palais impérial de la Grande Ile dont son frère était le conservateur en chef et lui le président honoraire.

Karl participait avec fougue à ces opérations, qui tournaient autour de la musique, qui n'étaient pas elle, mais en constituaient le prélude et qui, à la façon des préliminaires amoureux, en avivaient encore la jouissance. Le zèle qu'il déployait constituait aussi une manière de rachat et d'expiation.

Quoique souvent d'autres soupçons l'habitassent, il ne pouvait s'empêcher d'être toujours tracassé par l'idée que le silence du luth tenait à lui et non à l'instrument.

Ces activités lui fournissaient l'occasion de transformer son handicap en avantage. Si sa qualité de barbare lui interdisait de goûter cette musique trop fine pour ses sens mal dégrossis, elle lui offrait, en revanche, dans le domaine de l'action, des atouts que n'avaient pas les autres membres de l'Académie. A cette époque rares étaient ceux qui, dans la Ville, avaient la faculté ou le désir d'aller en Grande Terre; personne en tout cas à l'Académie n'aurait osé s'y aventurer. Karl, par contre, n'était soumis à aucune restriction. Son passeport allemand lui permit de faire un séjour au berceau de la musique noble, une ville croupissant dans les eaux stagnantes de son passé, et d'acheter à des amateurs apeurés des cordes et des cithares. Il leur fit traverser la frontière par la valise diplomatique grâce à un collègue de l'attaché culturel.

Son zèle, pensait-il, rachetait son mensonge; car il les dupait en n'avouant pas son infirmité. Mais s'il cherchait à donner le change, ce n'était pas pure vanité, il y entrait également de la délicatesse; il lui semblait que cet aveu les mettrait dans l'embarras. Karl, à vrai dire, n'était plus sûr de rien. Alors qu'il croyait s'être persuadé que le psaltérion ne s'adressait pas à l'ouïe et qu'il était sans impor-

tance qu'il entendît ou non, il suffisait que les
élèves se mettent en devoir d'accorder les cithares,
après que le maître eut donné le ton en frappant
sur les cordes, pour qu'il penchât en faveur de la
thèse inverse : l'instrument produit un son qu'il est
incapable de percevoir.

L'action le soudait au groupe, effaçant la différence supposée entre lui et les autres, ou plutôt
elle lui permettait de l'exprimer de façon positive
par les services qu'il rendait. Et comme l'activité
musicale de l'Académie n'occupait dans l'emploi
du temps des élèves et du maître — sinon dans
leur esprit — qu'une place infime, il pouvait avoir
la plupart du temps l'impression d'être un membre
très efficace. L'atmosphère de chaleureuse sympa-
thie qui s'établissait entre lui et les autres apaisait
son angoisse. La solidarité, rendant son secret moins
lourd à porter, lui donnait l'assurance momentanée
d'être accepté. Et, de fait, ses succès dans les
préparatifs extra-musicaux renforcèrent la bonne
impression qu'il avait produite dès le premier jour
où il se présenta à l'école de musique.

Le nom plutôt pompeux d'Académie de musique
noble peut donner à penser qu'il s'agit d'une institution désuète et périclitante mais prestigieuse,
une sorte de conservatoire privé. Il n'en est rien.
L'Académie de musique n'est même pas une école.
Un simple cours particulier. Elle porte ce titre parce

qu'elle est chargée de tout le poids d'une tradition
millénaire dont la filiation s'est transmise sans inter-
ruption de maître à disciple jusqu'à l'actuel professeur de cithare.

L'Académie coïncide avec l'appartement du professeur. Les leçons se dispensent au salon, un vaste
espace séparé en deux par un rideau de velours
vert. La partie qui donne sur l'entrée est réservée
aux élèves. Elle est meublée de tables sombres,
usées par de longs frottements, et de chaises sévères
à dossier de bois noir et à fond de marbre froid.
Les moisissures, les infiltrations et la lumière du
soleil ont strié l'austère papier des murs de ces
arabesques qu'on voit au papier reliure. Les instruments de musique archaïques qui tapissent la
salle d'étude, psaltérions à cinq cordes, luths à
cinquante chevalets, tigres sonores, font penser à
des boucliers népalais ou à des masques de l'île de
Pâques. Dans la partie salon, il y a des fauteuils
avachis en velours rouille, entourés d'acajou. Un
tapis chinois modern style recouvre le parquet en
sapin. Des calligraphies, déployées comme des ori-
flammes, de longs rouleaux de peinture et une
profusion de plantes grimpantes, proliférantes et
voraces, cherchent vainement à masquer le délabrement de la pièce. L'appartement est propre et
le ménage fait, mais tout s'enrobe de cette pellicule
grise, de cette poussière cendreuse et immatérielle,
résistante au plumeau et au chiffon, que le passé

dépose sur ce qui lui est consacré. Il y flotte cette
légère odeur de pensées fanées qui s'attarde dans
les sacristies désaffectées et les salles d'études où
s'enseignent des disciplines oubliées. L'Académie
n'est cependant pas à l'écart du monde. Le flot de
la circulation bat contre ses flancs en une incessante
et grondante rumeur; les vitres tremblent à inter-
valles rapprochés, au passage des tramways, comme
les hublots d'un navire cinglé par la tempête. De
temps à autre un avion passe au-dessus du toit et
le rugissement des réacteurs soulève la cendre des
jours consumés, qui tourbillonne un instant et
retombe avec un froissement doux de feuilles
mortes.

On ne peut pas dire non plus qu'elle soit aban-
donnée par la vie. Six fois par semaine, les jours
de leçons, on y entend des rires et des voix juvéniles.
Souvent les élèves passent pour faire le ménage,
rapporter les courses, ou rendre de menus services.
Il y a continuellement de l'animation et de la gaîté,
mais la gaîté dans un lieu déserté par le temps a
quelque chose d'infiniment triste, une tristesse d'autant plus pernicieuse qu'elle refuse de s'avouer.

Une dizaine d'élèves, pour la plupart des filles,
suivent les cours de l'Académie, plus ou moins
régulièrement; certains assistent à tous, d'autres ne
viennent que de façon très épisodique; ils sont
rarement plus de cinq à la fois. Tous sont dévoués
à leur maître. Ils la couvrent de cadeaux et col-

lectent de l'argent pour renflouer des finances que la mort de son mari a laissées en très mauvais état. Cactus est la plus douée des élèves; elle est considérée comme la vraie disciple, celle qui va continuer la tradition. Lili est très acharnée et excellente pédagogue. La direction de l'Académie repose entièrement sur elles. Depuis longtemps déjà elles enseignaient aux débutants et après l'attaque d'hémiplégie dont le maître a été victime, elles ont pris pratiquement sa relève.

Quand Karl se présenta à l'Académie, Cactus n'y était pas; il apprit par la suite qu'elle se retirait de temps à autre dans un monastère pour méditer. A ces moments-là, c'était une élève avancée – Lili le plus souvent – qui donnait la leçon sous la surveillance du professeur. Et il régnait dans la maison comme un air de vacances.

– Le vent de votre réputation est parvenu jusqu'aux oreilles de notre maître qui brûle de l'ardent désir de vous connaître.

Le compliment et le salut protocolaire formaient un singulier contraste avec le débardeur et les jeans effrangés de Lili. Karl découvrit plus tard que cette attitude ne lui appartenait pas en propre. Tous les élèves associaient débraillé vestimentaire et parfaite courtoisie. C'était leur signe distinctif. Négligé et protocole se combinaient tels les meubles et les rebattements d'un blason pour former les armoiries de l'Académie.

Karl fut conduit jusqu'à la chaise roulante du maître. C'était une femme sans âge, à la figure rose et lisse, encadrée de cheveux gris. Elle parlait un dialecte bizarre que la paralysie, affaissant le coin de sa bouche, rendait inintelligible. Lili était obligée de répéter ses paroles en langage clair, faisant ainsi office d'interprète, en sorte que l'entretien s'entourait de ces complications rituelles inhérentes au sacré. Ce n'était pas pour déplaire à Karl. L'apparence peu engageante du maître de luth, la difficulté à communiquer lui fournissaient une puissante incitation à perservérer dans sa recherche. Il lui semblait déceler une intime harmonie, une correspondance significative entre ces deux formes de mutisme qui s'assemblaient et s'amalgamaient pour constituer une métalangue qui, à la manière des mythes, tirait son prestige d'une sorte d'obscurité primordiale. Traduites par Lili, les formules de l'infirme avaient la syntaxe sibylline et paradoxale des oracles.

Elle disait : « La grande musique du luth est une calligraphie invisible jetée sur le silence. »

Ou encore : « La cithare est un surgissement primitif, une polyphonie sans forme. »

Et Karl savait lui répondre :

« Son chant est un chatoiement continu éployant ses anneaux sonores dans une obscurité muette. »

Et Lili poursuivait :

« Il s'élève des ténèbres et resplendit dans les abîmes ombreux de l'aphonie. »

On prépara le thé fade et vert. Il y eut l'iné-vitable symphonie gestuelle des salutations des mains et des génuflexions du poing. Puis le maître pria la disciple d'expliquer le déroulement des leçons au novice.

Les exercices préparatoires jouent un rôle essen-tiel. L'Académie tient plus, à première vue, d'un cours de yoga que d'une école de musique. C'est une gymnastique très immobile, où l'on apprend à chercher son souffle au plus profond de l'être. « Il faut respirer avec les talons », disait le maître; on corrige les postures afin d'acquérir le maintien souple mais ferme, concentré quoique spontané, du vrai joueur de cithare. L'épaule est déliée, le mou-vement court de la base du cou jusqu'aux ongles. Les cordes se pincent à bras levé, les coudes très écartés des côtes, à hauteur des poignets, lesquels transmettent sans remuer les impulsions aux doigts. Les mains ainsi mises en action à partir de la racine de la nuque véhiculent l'énergie de la personne dans son intégralité. Tout en étant aériennes comme un nuage, elles ont la puissance de la foudre. Karl savait, pour l'avoir lu dans les manuels, que la musique de la cithare devait être considérée comme la manifestation sonore d'un mouvement de l'âme

s'exprimant par la dynamique du geste. Elle est sa
trace laissée sur la page blanche du silence. Mais
ce mouvement il ne l'avait jamais appréhendé que
dissous dans les mots, ou figé dans les illustrations.
Il le voyait enfin vivre, se déployer sans contrainte
dans l'espace et le temps. Et il comprit ce qu'avait
voulu dire Cactus quand elle avait eu ce mot
méprisant pour le jeu du directeur : « Il bouge les
poignets. » Il fallait prendre la formule au sens
littéral. Il se rendait compte aussi, à voir les plus
experts des élèves exercer leurs mains au cours des
séances préliminaires ou les mouvoir sur les cordes
du luth, à quel point les gestes du directeur étaient
lourds et gauches. Ses mains étaient comme des
mouettes, les leurs comme des papillons butinant
des fleurs, ou des libellules frôlant la surface de
l'eau ; elles avaient l'irrépressible jaillissement des
torrents. Et si la plus virtuose, Cactus bien sûr,
avait un imperceptible mouvement du poignet,
cette légère entorse à la règle était l'expression d'un
art supérieur. L'attache ne pliait pas ; la reptation
du serpent ou l'ondoiement souple et fort du cou
de l'oie l'animaient. Voir les mains des joueuses
était un spectacle en lui-même, plus expressif, plus
gracieux et plus varié que les danses de Bali, que
tous les ballets du Bolchoï. Il semblait à Karl que
les sons — si sons il y avait — ne devaient pas
provenir des cordes mais de l'aérienne chorégraphie

de ces blanches extrémités traversées d'un souffle divin.

Il y a beaucoup de ressemblance entre la pratique de la cithare et la calligraphie, plus qu'avec un autre instrument de musique. Cette parenté est si accusée que les exercices de pinceau constituent avec l'assouplissement des membres et la respiration l'essentiel des séances. Les élèves reproduisent, sur les hautes tables de bois sombre, des pages et des pages d'écriture. Le support est du papier noir ou à la rigueur du papier journal, immédiatement froissé et jeté à la poubelle quand toute la surface a été recouverte de caractères, sans y prêter un regard. Le maître veut ainsi convaincre les élèves, en occultant totalement la manifestation, le signe visible de l'activité, que le véritable but de la cithare réside non pas dans le produit du mouvement, mais dans le mouvement lui-même. Elle est une danse des doigts qui exécutent un chant silencieux.

Les jugements émis sur le jeu de chacun se fondent presque toujours sur des critères extra-musicaux. Cactus donne souvent en exemple Éveil aux autres et surtout à Yam qu'elle trouve trop extérieure, trop attachée à l'effet. Éveil, se plaît-elle à répéter, possède l'esprit de la cithare. Elle a atteint la concentration parfaite. Son geste, presque engourdi, a la profondeur des gouffres d'eau ou d'un sommeil paisible. Elle est proche de l'extase et sa musique est tout intérieure. Et pourtant, à certains indices très précis, Karl sait qu'Éveil est incapable de reconnaître une note d'une autre. Ou encore Cactus fait admirer l'immobilité du dos de Lili, droite et correcte comme la prose d'un vieux lettré. L'agilité des mains de Yam est prodigieuse, féerique; on dirait, quand elles s'agitent au-dessus des fils de soie, des rayons de lumière, deux formes chatoyantes et immatérielles, mais il lui manque la force car elle n'a su s'abstraire de son but — trop musicale en un mot.

La musique a cependant sa part. Elle reprend ses droits dans le dernier tiers de la leçon. On accorde les instruments, et le maître ou Cactus donnent le ton juste en pinçant la corde haute. Quand Cactus ne l'assiste pas, l'élève qui la remplace, généralement Lili, tient les cordes, tandis que le professeur fait sonner son luth de sa main valide. Elle les pince jusqu'à ce que tous aient pris le ton, ce qui nécessite souvent l'aide de Cactus ou de Lili.

Tout au début, Karl se contenta de participer aux exercices préliminaires, sans toucher à l'instrument. D'ailleurs, il n'en avait pas. Il avait dû rendre sa cithare au directeur avant d'avoir pu en acheter une convenable. Il attendait avec terreur le moment où, contraint d'accorder son instrument et d'en jouer, on découvrirait son mensonge. Chaque

fois que le maître lui proposait de se servir d'une
de celles suspendues au mur, il déclinait son offre
en prétextant qu'il n'était pas prêt et qu'il ne s'était
pas encore débarrassé de sa conception ornementale
de la musique. Elle n'insistait pas et semblait au
contraire enchantée de sa réponse. Il était sur la
voie. Elle n'avait pas tort. Karl faisait des progrès.
Tout d'abord, il fut capable de reconnaître les airs
aux mouvements des doigts; puis ceux-ci produi-
sirent en lui des images, des impressions, silencieuses certes, mais qu'il aurait pu traduire en
langage musical. Il put bientôt discerner les points
forts et les points faibles du jeu de chacun. Néanmoins, l'idée de devoir accorder un instrument dont
le son lui était inaccessible ne laissait pas de le
tourmenter.

Karl, souvent oisif lorsque les élèves se livraient
aux exercices musicaux, se tenait alors près du
professeur impotent, prêt à lui rendre de menus
services : rouler sa chaise, lui verser du thé, couvrir
ses pieds qui prenaient facilement froid, ou l'éven-
ter, quand des bouffées de chaleur la saisissaient,
placer ses doigts paralysés sur la cithare, quand elle
frappait les cordes de la gauche pour rectifier une
fausse note.

C'est ainsi que lui vint l'idée que peut-être il
pourrait sentir les notes d'après les vibrations de
la corde, un peu à la façon des aveugles qui
découvrent les formes par le toucher. Il lui semblait

d'ailleurs avoir remarqué que lorsque Lili affer-
missait la main du maître sur les cordes, c'était
moins son ouïe qui était mobilisée que le toucher,
comme si elle cherchait à saisir elle aussi le ton
juste non par l'oreille mais par le contact des fils.
Karl accapara la fonction d'aide et de garde-malade
auprès de la vieille dame, il profitait ainsi des
moments où il posait la main inerte sur la cithare
pour glisser sournoisement ses doigts sur les cordes
et les sentir frémir. Il put acquérir une notion très
exacte du rapport entre la note, la tension des
cordes et leur vibration.

Un beau jour, Karl, très fier, se présenta au
cours avec un long coffret. Quand vint l'heure
de la musique, il en sortit une cithare et fit vibrer
les cordes. Il y eut des rires admiratifs chez
les élèves, Lili le félicita, Éveil parut sortir de
son sommeil. Seul le visage de Cactus se plissa
en une affreuse grimace. Revenue d'humeur exé-
crable d'un nouveau séjour de méditation, elle
avait un air de mégère. Les perles fausses de ses
épingles qui, plus nombreuses que jamais, héris-
saient son chignon, dardaient sur lui leurs yeux
de verre. Ses seins ballaient sous un sweater
informe en coton blanc, et sa bouche, de mépris,
lui tombait au-dessous du menton. Elle alla au
fond du salon, fouilla dans un tiroir, en tira une
paire de ciseaux, revint sur lui et lâcha dans un
souffle de dégoût :

— Imbécile, comment veux-tu qu'on entende la cithare avec tes halètements de chien!

Elle coupa les cordes.

Un avion passa dans un hurlement prolongé et strident qui fit trembler les murs.

VI

— La grande pièce est commune, mais à part ça ce sont presque deux appartements distincts. On ne devrait pas se gêner.

Un sourire relève les coins de sa bouche rouge et charnue. Cactus est charmante. Elle est toujours charmante quand il vous arrive une catastrophe. Elle fait à Karl les honneurs des lieux; elle tient absolument à l'aider à installer ses affaires.

L'appartement est exigu, un peu sordide. Il se compose de deux chambres donnant sur un minuscule salon qui ouvre sur la kitchenette et la douche. Les cabinets sont dans l'entrée. Un appareil à ultrasons lutte vainement contre l'invasion des cafards. D'après les critères de la Ville, c'est un palace. Cactus lui montre la vue : le mur de la prison. Elle aime beaucoup le voisinage des prisons; on sent mieux sa liberté. Karl est légèrement étourdi; il ne sait si c'est un rêve ou un cauchemar. C'est en tout cas l'aboutissement d'une succession de mouvements s'enchaînant avec une rigueur mathématique. Karl a été conduit là où il devait être

avec la même inéluctabilité que le héros d'une
tragédie classique ou qu'un pion dans une partie
d'échecs jouée par deux grands maîtres.

Il a été chassé du paradis des résidences universitaires; mais cette punition est aussi une
récompense. Il s'est trompé du tout au tout;
néanmoins l'erreur, quand elle débouche sur la
prise de conscience, marque un progrès décisif,
douloureux mais salubre dans l'élucidation des
mystères, ne serait-ce que parce qu'il est donné
de mesurer à quel point ils vous demeurent
obscurs.

Karl fut d'autant plus secoué par le conflit qui
dressa le directeur de la section d'Histoire et de
Philologie contre le professeur de Culture traditionnelle, qu'il avait tout fait pour l'ignorer. Pourtant il s'étalait aux yeux de tous et les deux
protagonistes s'acharnaient à le prendre à témoin.

Il ne voyait rien, il n'entendait rien parce qu'il
ne voulait pas que se brise sa délicieuse et fragile
construction de bambous sous la lune, de complicité
savante, de culture et de thé vert, parce que aussi
les deux hommes avaient cessé de l'intéresser et
qu'il ne devait pas distraire son attention de l'Académie, source d'émerveillement, d'appréhension et
d'exaltation bouleversante, parce que enfin il avait
presque déserté le campus.

Karl ne donnait pas de cours; c'était l'une des

conditions qu'il avait mises; il voulait consacrer
tout son temps à sa thèse. Il ne fréquentait pas la
bibliothèque; il n'avait plus rien à trouver. L'Académie l'accaparait totalement. Il y avait les
démarches et les courses pour assurer son fonction-
nement, les fréquentes sorties en groupe avec les
élèves, les soins rendus à l'impotente, les leçons
enfin dont il ne manquait jamais aucune. Et les
trajets étaient interminables.

Il prenait le métro, frais et lumineux comme un
vaisseau spatial, il parcourait des couloirs ou des
avenues à la douloureuse transparence de palais des
miroirs, des foules glissaient silencieusement contre
lui et apportaient un flot incessant de visages furtifs
aux traits mélancoliques qui sitôt entrevus replon-
geaient dans la houle indistincte des têtes. Il montait l'escalier de fer et franchissait la porte de l'école;
là il trouvait son lot de révélations journalières et
Cactus, tantôt encourageante, tantôt sévère, ceinte
de sa couronne d'épingles. Il y avait les visites en
bande aux temples, les pique-niques sur des plages
semblables à des décharges, les sorties dans des
restaurants aux salles immenses, véritables usines
de la mangeaille, les promenades en bateau, les
excursions sur les îles.

Ils parlaient du travail de la musique qui se fait
hors de la musique, du surgissement de la spon-
tanéité qu'aucune joie terrestre ne saurait épuiser.
Ils s'étaient donné l'harmonie universelle pour

maître. Ils allaient sur les grèves rocheuses surprendre le bruissement des pins tourmentés; ils
s'emplissaient de la puissante symphonie du vent
qui soufflait à travers monts et forêts, déchaînant
les grandes orgues de la nature. Les jours de pluie,
ils s'abritaient dans les ruines de quelque vieux
sanctuaire et le lent martèlement de l'eau dégout-
tant des feuilles sur les tuiles vernissées avait la
tristesse d'un xylophone détachant ses notes grêles.
Parfois sous le ciel léger d'un matin calme le
chuchotis d'un ruisseau bondissant en mousseux
accords leur fredonnait des airs champêtres, simples
et gais, qui réjouissaient leur cœur. Il leur arrivait
de se mettre en route dès l'aube, vers quelque baie
déserte pour écouter les trémolos de la lumière
ensanglantée du crépuscule vibrant sur les rides
d'une mer couleur d'opale. Ou bien, certaines nuits
très transparentes de pleine lune, ils croyaient reconnaître dans leur ombre dessinée par la clarté blanche
qui les baignait une métaphore visuelle du silence,
vide creusé par les notes dont il trace le contour.

Souvent, l'émotion qu'ils ressentaient tous devant
cette symphonie si riche, si pleine de la création
qui s'exprime aussi bien par les sons, les formes
ou les couleurs, leur faisait déclamer des poèmes.
Quelqu'un récitait :

> *La nuit s'avance.*
> *Une mouette*

puis une cigogne
s'envolent dans le sable
à la frange de la mer.

Une voix répondait :

Une fleur
Un saule
Un pêcheur
sur un rocher.
Un rayon
sur la rivière.
Un oiseau
sur l'aile.
A mi-chemin
de la montagne
un moine seul
sous les bambous.
Dans la forêt
une feuille jaune
qui flotte et tombe.

Ils étaient toujours rattrapés par la vie réelle, ou plutôt non — la vie est lumière, chant, poésie — par la non-vie, car les préoccupations matérielles forment comme une enveloppe de bois mort, une écorce autour de l'arbre de la vie, qu'irrigue la sève de l'art, de la musique, de la beauté. L'aile d'un ange de tristesse passait sur leur âme oppressée par le silence de l'esprit. Ils s'occupaient de trivialités.

Ils évoquaient les réparations à faire dans l'appartement du maître, le toit qui fuyait, les charges impayées.

Alors, mélancoliques, ils contemplaient une lune mauve et pâlie par les lumières des enseignes électriques, avant de se séparer. Karl traversait des perspectives luisantes de néon, prenait le dernier train, marchait à travers le campus désert, accompagné de la stridulation aiguë des criquets, se mettait à son bureau devant la fenêtre qui donnait sur la mer.

Au début, il tâchait de transcrire en notation allemande les morceaux qu'il avait vu jouer. Il le faisait sans conviction; il y avait trop d'incertitudes et il avait l'impression de trahir. Puis, quand il eut fait l'acquisition d'un instrument, il passa des heures et des heures sans dormir, à caresser les cordes de la cithare, murmurant un poème ancien, qui convenait au paysage et au mouvement de son âme, quelque chose comme :

> *Partout la nuit*
> *Les hommes et les choses s'ignorent*
> *Seule mon ombre*
> *joue avec moi.*
> *La lune dégringole*
> *Le long des saules*
> *comme une araignée*
> *suspendue à son fil*

La vie s'en va
vont les soucis
Je vois un instant qui s'efface...

Et dès qu'il effleurait les cordes, lui surgissaient en mémoire les accords raffinés que Cactus elle-même avait tirés, ou plutôt, ceux que le mouvement de ses doigts suggérait. Il lui semblait voir voleter dans la pièce les deux charmantes libellules de ses mains, et ses propres mains se mettaient à suivre leur mouvement, comme pour imprimer par le silence de la musique sa forme tout entière sur le noir de la nuit. Ses doigts, prolongeant la trace désincarnée du souvenir d'autres doigts, s'ébattaient avec les formes blanches ainsi recréées dans un frissonnement de notes muettes. Tel un couple de grues évoluant dans les airs parmi les nuages, ils flottaient et voltigeaient à travers l'espace circonscrit par la sombre surface de la laque, infinie dans son exiguïté, elle qui est métaphore de l'univers. Ils se réunissaient, se séparaient, se retrouvaient, et volaient de conserve. Dans le jeu tout spirituel des deux couples de mains se livrait l'éternelle bataille du maître et du disciple mais aussi de l'amant et de l'amante. Le visage de Cactus surmonté de sa couronne de piquants se surimposait à la pirogue musicale gréée de ses cordes rebelles. En pinçant sa cithare c'était comme si les mains de la jeune fille pinçaient les fibres de son cœur.

Le directeur fit une première insinuation le jour où Karl lui rapporta son instrument : il s'étonna de la coïncidence entre le vol et la soirée où ils avaient été invités par le professeur. Auparavant il avait pris soin de glisser dans la conversation que seul le professeur possédait la clef — c'était son ancien bureau — et que la serrure devait être changée deux jours plus tard. Il rencontra un mur. Il chercha néanmoins à attirer Karl dans son camp. Il lui proposa de lui donner des cours de cithare. Karl refusa. C'était indélicat pour l'Académie et il ne voulait pas imposer cette charge à un homme aussi occupé que le directeur. Il est possible encore qu'il commençât à trouver l'homme moins sympathique et qu'il craignît, inconsciemment, qu'une fréquentation assidue ne lui fît perdre ses illusions. Il ne pouvait cependant manquer de l'admirer pour l'étendue de son érudition, tout en le craignant un peu. Si le directeur connaissait parfaitement la poésie classique, il se trouvait en meilleure familiarité avec les textes archaïques. Sa carrure et son tempérament s'accordaient à la nature belliqueuse de ces temps reculés où Karl n'était pas très à son aise; aussi, quand l'autre concluait ses offres par un : « *Les grands pins sont sur les monts, la renouée aux vallons* », Karl, dérouté, voyait percer comme une menace.

Le professeur de Culture traditionnelle n'était pas en reste d'allusions littéraires; seulement il empruntait plus volontiers ses références au VIIIᵉ siècle après J.-C. qu'au VIIIᵉ siècle avant l'ère chrétienne. Il prenait des mines mortifiées, se plantait devant la tige de légumineuse qui escaladait les murs de son bureau pour lui rappeler, disait-il, la vie simple loin du bruit de la gloire, et il susurrait un de ses poèmes favoris sur le dédain des honneurs. C'était parfois :

> *Sur le versant sud j'ai planté des haricots.*
> *Il y a beaucoup de mauvaises herbes.*
> *Qu'importe ! rien ne vient troubler ma paix.*

Mais sa citation préférée demeurait la dernière strophe d'un célèbre poète, peintre et calligraphe :

Je mange sous les pins un repas de légumes.
J'effeuille un tournesol tout couvert de rosée
je suis un vieil homme des champs.
Pourquoi courir après la fortune et les places?
Les mouettes n'ont plus peur de moi, ni moi de rien.

Il déplorait que l'ambition pût faire tomber de grands esprits dans la paranoïa. Ou bien il évoquait avec un sourire indulgent la fureur possessive des savants :

— Ils commencent par dire « mon époque », « mon auteur », « mon document », puis, comme si le simple emploi du possessif leur donnait titre de propriété, ils se persuadent qu'ils ont acquis un droit absolu sur tout ce qui a trait à leur champ de recherches et ils finissent par s'emparer en toute bonne foi de manuscrits à la valeur inestimable sans se douter que c'est du vol.

Karl dut bien admettre que quelque chose s'était brisé entre les deux hommes et que cette merveilleuse entente qui l'avait tant ravi, lors de leur première rencontre, avait vécu. Il se replia derrière une seconde ligne de défense. Une tragique méprise était à l'origine de cet antagonisme qui soudain les dressait l'un contre l'autre. Le directeur avait gardé un document un peu trop longtemps, son assistant avait trop vite perdu patience, il en était résulté un quiproquo, les passions s'étaient envenimées; le professeur de Culture traditionnelle, ulcéré par les soupçons de son ami, n'avait pas joué le rôle modérateur qu'il aurait certainement assumé en d'autres circonstances. En fait de « rôle modérateur » ce dernier avait monté une cabale contre son collègue. Le directeur avait contre-attaqué en l'accusant publiquement d'être l'instigateur du vol. Les milieux universitaires étaient en révolution. Le bruit de la querelle secouait la Ville. Les journaux en parlaient. Deux camps s'étaient formés.

Ce genre de conflit trouve habituellement son dénouement non dans un affrontement réel, trop destructeur pour les deux parties, mais dans une parade où chacun exhibe sa puissance. Un jeu de mourre : ciseaux, puits, feuille, pierre / université,

politique, opinion publique, chuchotis internatio-
naux.

Le professeur l'emportait à l'université et dans
la Ville, où il contrôlait les revues et l'édition :
c'était un critique réputé. Le directeur se replia sur
la Grande Ile pour rassembler ses partisans; il était
lié au parti du pouvoir.

La balance aurait peut-être penché en faveur du
professeur de Culture traditionnelle, si, par un de
ces retournements programmés par le destin, la
Grande Terre n'avait amorcé son lent mouvement
d'ouverture qui est comme le temps d'expiration
d'un monstrueux ectoplasme. L'Ile et la Terre
renouèrent des relations. Ce rapprochement eut
pour effet d'apporter au directeur le concours des
milieux politiques de la Ville, sur qui pesait l'ombre
menaçante du continent. Sa brutalité l'avait fait
craindre, ses alliances politiques achevèrent de lui
gagner le respect.

Pour contrer ce renfort imprévu, le professeur
fit appel aux milieux universitaires étrangers. Il
engagea des tractations dans lesquels l'anthropologue trempa. Un collègue et ami de Princeton très
influent avait un protégé à placer. Le poste d'en-
seignant-chercheur que Karl occupait à l'université
lui aurait convenu parfaitement. On évalua les
forces et on compta les points. Au terme de ces
marchandages, le directeur du département d'Histoire et de Philologie obtint la place de recteur, le

professeur de Culture traditionnelle reçut le titre
honorifique de doyen, créé exprès pour lui. L'assistant fut démis et dut bénir le ciel d'éviter la
prison. Un protégé du professeur de Culture traditionnelle occupa le poste vacant : c'était dans le
pacte. Le doyen avait songé un moment à placer
Yam, mais y avait renoncé devant l'opposition de
son collègue. Lui-même craignait que cela ne réveil-
lât de vieilles passions. Enfin, un article sur le
fameux manuscrit, cause de la dispute, signé en
commun par les deux anciens ennemis scella leur
réconciliation. L'enchevêtrement de leurs domaines
respectifs tressait leur amitié retrouvée. L'aspect
littéraire était traité par le philologue et les questions philologiques par le professeur de lettres
anciennes. D'une certaine façon, Karl ne s'était pas
trompé, il existait une complicité entre les deux
hommes, mais elle était d'un tout autre ordre que
ce qu'il s'était plu à imaginer.

Le doyen avait des engagements à tenir et il
s'était mis à détester Karl. Déjà il lui en voulait
de n'avoir pas pris résolument son parti, maintenant
il le rendait responsable de l'échec de son plan. Il
s'était persuadé que le malaise qui avait saisi Karl,
après que son collègue eut joué de la cithare, était
la cause de tout. Son étourdissement avait écourté
la soirée et permis au directeur de surprendre l'assistant en plein travail. Le recteur n'aurait pas été
fâché non plus qu'il reçoive une leçon. Il ne lui

pardonnait pas d'avoir repoussé ses avances. Le sort de Karl était scellé. En violation des accords anté-rieurs, on exigea qu'il assure un enseignement pour le prochain trimestre. Juste quelques heures. Il accepta. Puis, on le changea de résidence. Il dut s'installer dans une chambre d'étudiant, avec vue sur les poubelles du restaurant universitaire. Enfin, on lui demanda d'assurer douze heures d'assistance pédagogique.

Karl, en raison de ses heures de cours, se trouvait plus fréquemment en contact avec le professeur, celui-ci avait toujours le même air affable et raffiné et récitait des poèmes agrestes devant ses pots de plantes grimpantes. Mais en même temps il l'ac-cablait de travail, le convoquait à toute heure pour discuter de son enseignement, sapait son autorité auprès des étudiants. Le recteur, très occupé par ses nouvelles fonctions, venait rarement à la section. Il lui arrivait, cependant, de croiser Karl dans les couloirs ou sur le campus. Lui aussi sollicitait les plantes, et ses herbes étaient plus sauvages, les vers qu'il citait plus antiques : « *La ronce est sur les monts, les nénuphars aux vallons!* »

Tous deux avaient l'air extrêmement peiné de ce que Karl endurait. A croire qu'il s'agissait d'une infortune dans laquelle ils n'avaient aucune part, un malheur indépendant de leur volonté. S'affli-geaient-ils seulement du sort de Karl ou bien pleu-raient-ils aussi sur eux-mêmes, sur ce qu'ils étaient

101

obligés de faire? On aurait pu très bien les imaginer en Monsieur Peachum et sa moitié, dansant bras dessus bras dessous et chantant le Chant de la vanité de l'effort humain : « *Car hélas, pour cette vie, l'homme n'est pas assez bon, C'est pourquoi je vous convie, à le bourrer de marrons!* »

Aussi longtemps qu'il le put, Karl persévéra dans son aveuglement, refusant d'admettre qu'il était en butte à une mesquine persécution. Il trouvait toujours des excuses à son tourmenteur : sans doute sa position était-elle inconfortable et était-il contraint d'agir ainsi sous la pression des autorités. Légalement, son statut étant celui d'un assistant, il était tenu d'assurer le même service que ses collègues, soit plus de vingt heures. Les nouvelles exigences étaient si exorbitantes qu'elles lui interdisaient totalement d'assister aux leçons de l'Académie. Il refusa de s'y plier. On considéra qu'il rompait ses engagements. Sa bourse fut suspendue; il dut acquitter un loyer pour son logement.

Karl qui n'occupait à Würzburg qu'un poste de chargé de cours était payé à la vacation effective. Privé de bourse, il n'avait plus de moyen de subsistance; c'est une des raisons pour lesquelles il s'accrochait à l'université.

L'Académie avait beau être solidaire de Karl, elle ne pouvait pas faire grand-chose pour l'aider. La plupart de ses membres tiraient le diable par la queue et cumulaient de petits boulots. Néanmoins, Lili lui dénicha des heures d'allemand dans l'école secondaire où elle-même enseignait; Cactus lui procura les subsides d'une institution de bienfaisance bouddhiste. L'attaché culturel, qui s'était montré très chic et l'avait soutenu sans grand succès, lui attribua des vacations au consulat. L'anthropologue ne voulut pas être en reste (c'était aussi une façon de montrer son pouvoir à Yam). Il débloqua une allocation d'études. Cela lui permettait de vivre, mais non de se loger convenablement. Les loyers dans la Ville étaient prohibitifs.

Le couple qui habitait l'appartement en face de celui de Cactus avait trouvé un travail aux États-Unis pour deux ans. Ils étaient prêts à le céder. Cactus vivait dans un réduit; elle l'aurait bien loué mais c'était au-dessus de ses moyens. Elle le mentionna à Karl en lui suggérant de le partager.

VII

Leur premier repas dans leur logis commun. Ils ont décidé de fêter leur emménagement; à trois. Les autres n'étaient pas libres. Éveil fait la cuisine. Elle s'est chargée des courses. Karl est un peu inquiet en voyant ce qu'elle sort de son panier : un carrelet fripé, une touffe de ciboule défraîchie et un bout de gingembre. Cactus le rassure. Le carrelet ici n'a rien à voir avec celui qu'on trouve ailleurs.

« Ses gestes sont une merveille; ils paraissent gauches tant ils sont lents, et cependant, ils sont admirables de grâce et de précision. » Cactus dans le réduit à cafards qui tient lieu de cuisine commente les mouvements de son amie. Éveil est une grande cuisinière. Plus que des plats, ce sont des accords de saveurs qu'elle compose; simples, à la limite du rudimentaire, mais d'une rusticité plus raffinée que toutes les complications gastronomiques. Éveil est allée à la racine de l'art culinaire. Elle s'ébat au bord de l'abîme qui surplombe le néant. Toujours à la limite de la rupture, de la chute dans l'insipide, elle ravit le palais par la délicatesse de ses mets, comme un peintre habile réjouit l'œil par quelques traits d'encre jetés sur une page blanche.

Traits d'encre sur une page blanche : c'est ainsi que, sur son assiette de faïence, ressort le carrelet des manipulations expertes d'Éveil.

Éveil paraît toujours rêver à autre chose, et, sans doute, cette fois-ci, son esprit s'est-il envolé trop loin, trop haut. Peut-être a-t-il un instant de trop contemplé l'absolu ou bien, en dansant au bord du gouffre, a-t-il d'un faux pas glissé dans le vide? Le poisson noirâtre, un peu brûlé, pointe à travers sa peau crevée une multitude d'arêtes, qui, sur le fond neigeux du plat, font comme les mille aiguilles de pin d'un beau paysage d'hiver dans un lavis.

Ils sont à table. A part la boule bardée d'épines, juste du riz blanc et du thé vert. Un pot d'un condiment blanchâtre a été posé à côté pour accompagner le poisson. Les deux jeunes filles se jettent goulûment sur le plat. Avec leurs bouches pleines d'arêtes, le chignon de l'une surmonté de piquants, le visage de l'autre éclairé d'un sourire gréco-bouddhique, on dirait un couple de divinités tantriques, quelque déesse aux épingles, figure vengeresse dont les dards répandent la désolation, flanquée de son avatar compatissant. Et c'est bien une divinité vengeresse que voit se dresser tout à coup devant lui le malheureux Karl qui, ne pouvant rien manger, s'est rabattu sur les petits cubes blan-

châtres marinant dans la saumure, tandis que sa
compagne par les fentes de ses paupières entrou-
vertes lui adresse le regard apitoyé et le sourire
miséricordieux d'Avalokiteçvara. Karl est boule-
versé. Il ne comprend pas ce qu'il a fait de mal.
Il est rouge de confusion, rouge de honte, non à
cause de la scène — il ne ressent jamais les affronts,
pas du moins ceux qui viennent de son initiatrice
— mais de s'être exposé à cet éclat par sa maladresse,
et, balourdise encore plus insigne, d'ignorer ce qui
a pu provoquer ses foudres. Il ne s'est permis
aucune remarque désobligeante; il n'a pas fait mine
d'être dépité, alors que quelqu'un de moins attentif,
de moins à l'écoute des us et coutumes de la Ville,
eût pu prendre ce repas pour l'invitation du renard
à la cigogne. Il sait que ce n'est pas cela, même
si, dans le cas précis, il ne sait pas très bien ce que
ce délicat festin d'arêtes peut bien signifier. Cactus
tempête en dialecte, se lève de table, proclame
qu'elle ne veut plus partager son repas avec une
bête brute, un singe coiffé d'un bonnet et s'enferme
dans sa chambre en claquant la porte.

Éveil cherche à expliquer à Karl; mais personne
ne comprend jamais ce qu'Éveil explique.

Karl vit en halluciné. Cactus en a fait sa chose,
sa créature. Elle s'occupe de sa formation. Il a été
façonné par un monde qu'elle n'aime guère. Elle
veut le repétrir; l'expérience est douloureuse. Karl

ne demande qu'à l'aider. Bonne pâte, il se prête à tous les remodelages. Cactus s'irrite qu'il soit si malléable, qu'il ne juge que par elle; tant qu'il ne verra qu'à travers ses yeux, il ne pourra jamais s'imprégner de l'esprit dont la cithare est l'expression musicale la plus achevée. Mais plus Cactus le houspille, moins il est sûr de lui et moins il peut faire preuve d'indépendance.

On l'a privé de tout repère. Beauté, laideur, délicatesse et vulgarité, tout cela se brouille dans sa tête et finit par se confondre. Il sait que les arrêts péremptoires et déroutants de Cactus ne sont pas dictés par de simples caprices, ou plutôt que même ses caprices sont régis par des lois rigoureuses. Mais elles lui demeurent impénétrables. Au fil des années, ses études sur la Civilisation immémoriale lui avaient permis de se forger une vision subtile et cohérente du monde, dont le professeur de Culture ancienne et le philologue lui fournissaient la confirmation. Leurs manœuvres ont jeté bas son édifice. Dans l'univers qu'il s'est construit, le sens esthétique loin d'être une simple représentation est inhérent à la personne. « L'Art ne saurait être qu'art de vivre », se plaisait-il à asséner à ses étudiants de Würzburg. Or les deux représentants les plus éminents et les plus policés de « l'Art comme art de vivre » ont montré tout sauf de l'élégance. Cactus est devenue sa seule boussole, peut-être parce que ses jugements imprévisibles lui font perdre la tête et que pour lui l'énigmatique est toujours critère de vérité.

Il vit un examen perpétuel qui met ses nerfs à vif. Déjà, quand il habitait sur le campus, le regard aigu de Cactus posé sur chacun de ses gestes s'enfonçait dans sa chair comme une vrille. Il avait néanmoins un refuge où, tout en ne cessant d'être hanté, il restait maître de la situation en évoquant la jeune fille sous la forme d'un papillon, d'une libellule ou d'un oiseau. Maintenant, il est jour et nuit en sa présence, sous sa surveillance continuelle. Elle s'est emparée du contrôle de chaque moment de sa vie, de son souffle, de son sommeil.

Son éducation se fait par la Ville. On ne peut imaginer lieu moins culturel. On n'y trouve ni musées, ni théâtres, ni galeries, rien que de la marchandise. Jamais ne s'y déroulent ces grandes messes où sur des foules en extase descend une beauté qu'elles ne discernent qu'une fois étiquetée. Les restaurants qu'hébergent des cathédrales de verre tiennent lieu de galeries d'art. Non qu'il existe dans la Ville quoi que que ce soit d'analogue à la gastronomie, mais les habitants vont y chercher le même plaisir que d'autres retirent des manifestations artistiques.

L'Art n'étant nulle part, on peut le rencontrer partout. La refonte générale des goûts de Karl passe par des visites ou des excursions qui ne sont jamais des divertissements, mais des épreuves ou,

au mieux, une initiation. Il y puise une joie profonde, en même temps qu'une grande souffrance.
Il vit dans un miracle permanent qui se trouve être
aussi un enfer permanent. Il croit comprendre les
principes de l'esthétisme de Cactus sans avoir aucune
idée de leur application concrète.

Cactus aime le passé, les vieilles pierres. Elle
admire les temples grecs, les sarcophages, les colosses
babyloniens, non parce qu'ils sont beaux, mais
parce qu'ils ont une histoire. Pour elle, tout ce que
recouvre la poussière des ans est vénérable et grandiose. L'âge, à la façon d'un titre de noblesse,
soustrait les objets et les monuments à toute éva-
luation. Tout ce qui ne plonge pas ses racines en
deçà du XVIIIe siècle est inconsistant. Seuls l'em-
baumement des années, l'haleine froide des siècles
et des caveaux donnent du prix aux choses. Il n'est
pas nécessaire pour autant qu'elles soient anciennes,
du moment que par elles on remonte jusqu'aux
temps primitifs. Cactus est toujours à la recherche
de la filiation. Ainsi, elle peut aimer cette ville où
les constructions se dissolvant en boue, il ne subsiste
plus aucune trace visible du passé. Mais dans ce
vide absolu, total, Cactus sent affleurer ses remugles.
Elle a un flair très sûr pour déceler l'odeur rance
de l'antiquité sous ses manifestations les plus
récentes, à la différence de Karl. Lui ne comprend
jamais pourquoi elle aime telle rue plutôt que telle
autre, ce qui l'enchante dans un jardin trop neuf

de rocailles et de pins, tandis que des sites plus beaux ne lui arracheront même pas un regard.

Il se peut aussi que la Ville lui plaise parce qu'elle a la fragilité des souvenirs et n'est déjà que le vestige de son présent. Cet univers qui de loin semble bâti dans une matière imputrescible, inaltérable et pure — verre et béton — est la proie d'une dégradation, d'une corrosion rapide et incessante qui réduit les édifices à l'état de reliques avant même d'avoir été achevés. Ils s'émiettent, se délitent durant leur construction. Achevés, ils sont déjà décrépits. La cité se renouvelle sans cesse, elle jette continûment ses immeubles marqués du sceau de la précarité, toujours plus aériens, toujours plus hauts à l'assaut du ciel et de la mer, fournissant la plus grande concentration mondiale de ruines — des ruines modernes.

La ville est un gigantesque piège. Délabrés ou flambant neufs, tous les quartiers tendent à Karl leurs chausse-trapes dans lesquelles il tombe allégrement tête baissée. Cactus lui donne rendez-vous dans des gargotes très vastes et très sales, au plancher recouvert de sciure, de débris d'os et de poissons. Ils mangent des bols de nouilles et de raviolis. Parfois c'est bon. Rarement. Il ne se demande jamais si son choix n'est pas dicté par le manque d'argent. Elle l'éprouve : il doit avoir l'attitude adéquate, faire les gestes requis, dire le mot juste sur la saveur des mets et la valeur émotive des

113

lieux. Il traverse à ses côtés les rues sinueuses des collines, palpitantes de senteurs tropicales et d'enseignes au néon, ou bien les grandes avenues de verre du centre, comme s'il s'était agi de diapositives dont il devait fournir le commentaire devant un examinateur exigeant. Il recrée ainsi une ville purement imaginaire, une ville qui a la réalité fictive des exercices de simulation. Les canards qui pendent aux crocs des boucheries, les poissons séchés le sollicitent comme les énigmes d'un sphinx qui n'est que sa propre projection, traits jetés sur les parois lépreuses des façades, d'un immense pictogramme qui, s'il l'avait décrypté, lui aurait donné accès à la Vérité, telles les lettres de quelque Kabbale extrême-orientale démesurément étendue à la surface de la planète. Il ne jouit jamais d'aucun instant, constamment tendu à prononcer le mot décisif, et toujours provisoire, puisque chaque moment lui présente de nouveaux symboles à déchiffrer. Beau-laid, banal-rare, trop extérieur, raffinement suprême, exquise fadeur forment la grille des réponses qui le sépare de la réalité derrière les barreaux des fausses significations qu'il s'est forgées.

Il s'est persuadé que les salles monumentales des restaurants superposés sur dix niveaux forment le décor où doivent s'éprouver en vraie grandeur ses progrès dans l'art de transformer la vie en pantomime rituelle. Karl a une préférence secrète pour la salle des « petites collations ». Elle lui four-

114

nit le meilleur dispositif scénique où déployer sa virtuosité gestuelle. Des chariots chargés de victuailles circulent silencieusement poussés par des jeunes filles; elles agitent une clochette et psalmodient leur chargement en une liturgie plaintive. Leur approche suscite dans les rangées des signes imperceptibles des doigts, des inclinations légères de la tête qui sont comme l'agenouillement des fidèles au passage de l'encensoir dans la sainte messe. Il y a cependant dans cette communion où aux deux espèces se substituent le thé et les ravioles frites, quelque chose d'éminemment matériel, de presque canaille. Les gestes, à peine esquissés, sont furtifs comme un code d'initiés, on dirait la langue d'une société secrète ou les signes de connivence de certaines professions un peu louches. Les mouvements étudiés de Karl se fondent dans ceux de la foule des consommateurs; il lui semble qu'en ces instants il atteint la perfection.

Il ne sait jamais quand il convient de s'y rendre. En principe c'est très simple : à toute heure, quand on a un petit creux et un peu d'argent. Cependant d'autres règles, qu'il ne connaît pas, très précises et très arbitraires, font que chaque fois qu'il le propose, c'est une incongruité.

Pour les célébrations des fêtes du calendrier lunaire et les anniversaires obscurs mais impératifs de certains faits marquants de la vie du maître, l'étage des banquets est de rigueur (quoique pas toujours, pour des raisons inconnues la salle des Mille-Canards est parfois préférable). Il est alors confronté aux affres de la composition du repas, qui doit comprendre un délicat dosage de mets coûteux, étranges et légèrement répugnants. Karl marche, dans ces cas-là, sur la corde raide, entre raffinement et vulgarité, sous l'œil inquisiteur de Cactus.

Il y a aussi les visites impromptues à des temples, où de la bouche de vieilles nonnes tombent des phrases déroutantes comme des anecdotes zen; elles se révèlent souvent n'être que de banales formules de politesse.

Il lui arrive d'éprouver des moments de grand bonheur. Certains instants privilégiés peuvent être rangés sous la rubrique des « choses délicieuses qui font battre le cœur », des notes intimes d'une Sei-Shonagon ou d'un Li Chang-yin.

Ils parviennent à un tout petit monastère. Le spectacle est charmant. Karl soupire d'admiration. Cactus ne le rabroue pas. Ils ont emporté un pique-nique et leur cithare. Ils découvrent un minuscule sanctuaire abandonné. Ils s'y installent. Après avoir mangé et bu du vin, ils jouent. Il semble à Karl qu'ils tirent des sons infinis venus du fond des âges. Les cordes vibrent et ce n'est pas l'oreille, c'est l'âme qui entend. Ils n'ont plus conscience ni du ciel, ni de la terre, ni du voile de tristesse qui souvent obscurcit leurs jours. Chaque note fait murmurer les pins de la colline et purifie leur cœur comme une eau vive.

Ces moments délicieux nimbés de la poudre d'or des songes, Karl se demande toujours s'il ne les rêve pas, tant ils sont rares. Il n'est pour ainsi dire jamais en communion. Il ne tombe jamais juste.

Ils mangent, par exemple, des fruits de mer avec Éveil et l'attaché culturel dans un caboulot sur la plage. Barques de pêcheurs aux couleurs vives, ciel bleu et côte rocheuse : ça fait très grec. Cactus et Éveil enfournent les coquillages en aspirant à grand bruit la pulpe. Les coquilles sortent récurées comme des galets polis par les vagues. Karl aussi. Il est content, il a le geste. Il suce et crache à la façon d'un natif. L'attaché culturel se débat maladroitement avec ses mollusques, il les mâchouille, il en laisse la moitié, son visage est barbouillé de jus. Karl éprouve un agréable sentiment de supériorité. L'attaché ne s'en doute pas; il est heureux comme un roi. L'endroit est divin; on dirait... il cite un port d'Asie Mineure. Cactus jusqu'alors a manifesté de la bonne humeur, elle a rentré ses épines, emprisonnant ses cheveux nattés et roulés en torsades autour de la tête dans un foulard noir sur lequel sont cousus des sequins. Elle a tout à coup un drôle de mouvement circulaire de la bouche, contre laquelle sa langue frotte énergiquement; tout simplement elle expulse les débris qui se sont incrustés entre ses dents. Karl se méprend. Il croit que la comparaison l'a agacée et qu'elle roule dans la cavité hautaine du palais une pointe empoisonnée. Il lâche quelques mots persifleurs sur les cartes postales; le ton déplaît à Cactus. Elle l'humilie. Il est ravalé plus bas que terre, plus bas que l'attaché culturel dont elle lui donne en exemple la simplicité.

L'Académie est un havre. On y apprécie Karl. Un groupe de jeunes filles souriantes l'entoure et lui fait fête. Devant le maître et les disciples, Cactus cherche à se contrôler. Elle ne peut tout se permettre, même si elle ne se départit jamais de sa causticité et ose pousser très loin la raillerie. L'effet ravageur de ses pointes se trouve d'ailleurs en partie désamorcé par la réaction des autres. Loin d'être choqués, ils ne veulent y voir qu'une taquinerie espiègle. C'est, affirment-ils, la forme d'humour propre à la Ville. Cactus est la dernière à en perpétuer la tradition, mais avec quelle maestria.

On admire la rapidité de ses progrès; en moins d'un an, sur le plan de la musicalité pure, Karl a rattrapé les meilleures élèves. La directrice de l'Académie vante son jeu qui « au-delà de la simple virtuosité exprime le mouvement d'une âme souffrante mais aspirant à d'infinis bonheurs ».

Cactus se montre plus réticente. Il se peut qu'elle soit jalouse des dons de Karl, de loin le meilleur élève de l'Académie sur le plan strictement musical. Elle lui reproche de trop vouloir faire parler la musique, de rechercher l'expression, alors que la vraie musique, la grande musique de la cithare est non seulement au-delà du langage, mais au-delà de la pensée, qu'elle invite à dépasser. La grande musique porte sa propre négation dans l'indétermination des notes; elle n'exprime jamais qu'elle-même, indépendante de toute expérience autre que l'acte de jouer. Karl, en un mot, n'a pas su encore s'abstraire du bruit instrumental. Et parfois, mi-sérieuse, mi-plaisante, elle s'exclame : « Trop d'oreille! trop d'oreille! Il faut lui crever les tympans! »

Karl éprouve, certes, une satisfaction d'amour-propre, mais son plaisir est empoisonné par ce retour sur le terrain même de son tourment. Ces discussions lui rappellent trop ce qu'il essaye de masquer aux autres et à lui-même : le silence de l'instrument dont ils admirent le timbre quand il joue, timbre que, malgré ce qu'il veut faire accroire, il ne perçoit jamais *musicalement* parlant. Pour quelqu'un comme Karl qui poursuit un idéal d'honnêteté et de franchise, être ainsi confronté à sa propre dissimulation est une torture.

Il se réfugie de plus en plus dans les seuls exercices gymniques, mimant la danse des animaux : tourner la tête en arrière à la façon du tigre, remuer les épaules comme les grues, se balancer comme un singe... Il couvre des pages et des pages d'écriture, le dos droit, les coudes écartés. Mais au lieu de lui procurer détente, apaisement des souffles et tranquillité de l'âme, il en sort les membres raidis, la respiration haletante et l'esprit agité. Son infériorité dans ce domaine est manifeste et Cactus ne manque jamais de la relever et de lui en faire honte. Et alors qu'il tente de fuir, par ce moyen, la lancinante question, toujours posée et toujours éludée, elle resurgit devant lui, insidieuse et tenace, là même où il croit s'être mis à l'abri : dans sa forme qui lui rappelle sa différence et empoisonne son âme du soupçon d'une sorte de tare constitutive. Il en vient à haïr son corps.

Karl se veut invisible derrière les gestes proto-colaires. Il espère, grâce à eux, se fondre dans la masse, se dépouiller de l'exotisme qui le rejette sur les franges et lui interdit l'accès au cœur profond de la culture. Il a le sentiment que si son maintien, son expression s'harmonisent parfaitement à son environnement, si son nez s'aplatit, son profil s'efface, ses yeux s'étrécissent, les portes de la compréhension s'ouvriront.

Il rêve de transformer sa physionomie; un poids qui retient son esprit en deçà des frontières de la connaissance, une ancre, qui une fois levée lui permettrait de voguer sur l'océan infini des allusions muettes. Il professait à Würzburg que l'éducation, là-bas, passait moins par la parole que par le geste, qu'elle était silence puisqu'elle était rite. Et main-

tenant il se heurte concrètement à cette question
du corps, à l'incontournable problème de sa forme,
dans une société où le corps, où la forme, est le
fondement de l'Esprit.

Il ne s'applique plus qu'à parfaire ses gestes.
Les questions corporelles sont devenues le centre
de son obsession musicale. Son instruction se réduit
à une gymnastique, sous l'œil complice de Cactus,
qui prolonge l'éducation corporelle de Karl dispensée à l'Académie par des séances dans l'appartement. Elle ne veut plus juger ses progrès qu'en
fonction de critères physiques : la position, les
souffles, la respiration, la méditation. Elle lui
enseigne comment tenir la verticalité parfaite en
appuyant fermement la plante des pieds sur le sol
afin que le poids de la tête repose sur les poumons.
De cette façon les gestes sont coordonnés, les parties
du corps solidaires et le souffle paisible et profond.
L'exercice a beau améliorer sa tenue, renforcer son
souffle, lui donner de l'aisance dans le mouvement
des mains, il ne modifie nullement son aspect.
Peut-être parce qu'il n'a pas encore trouvé tout à
fait l'axe. Toujours est-il qu'il reste avec son nez
proéminent, sa tignasse bouclée, ses jambes interminables et surtout ses sécrétions glandulaires.

Cactus a un odorat extrêmement exercé, hyper-
sensible. Elle déteste les odeurs corporelles. Elle hait
aussi les parfums (et les Français du même coup

pour en être les principaux pourvoyeurs). Les parfums exacerbent les odeurs au lieu de les masquer et les gens s'en aspergent, se croyant ainsi dispensés de se laver. Elle-même n'a pas d'odeur, elle ne transpire jamais. Elle se signale seulement par une haleine tiède, un peu moite, assez troublante, mais à part cela rien, juste un relent de savon, un parfum de propreté. Cela tient peut-être à son absence de poils, ces pièges à sécrétions, et à une peau au grain si serré qu'elle semble du satin; elle ne laisse rien sourdre au-dehors.

Karl est velu; sous cette chaleur humide, dans cet air sursaturé d'humidité où les vêtements collent à la peau, où rien ne s'évapore jamais, il sue. Cactus trouve qu'il sent l'étable; il dégorge le lait qu'il a absorbé depuis l'enfance. Cactus est bouddhiste et, sans être strictement végétarienne, elle ne mange pas de viande de bœuf. Tout ce qui évoque la vache lui donne la nausée. Elle interdit à Karl de jouer de la cithare quand il transpire trop. Une fois, elle la lui arrache des mains sous prétexte que sa sueur coule sur le bois laqué. Souillure! Profanation! Pour pénitence il est privé de cithare durant trois jours. Une quantité de tabous entourent la cithare; ils ne valent que pour Karl. Cactus ne les respecte pas — ils ont été édictés à l'intention des hommes, par des hommes, lorsque le luth était réservé aux hommes.

Parfois, elle trouve qu'il empuantit si fort l'at-

mosphère que, le nez pincé, et agitant les mains
pour dissiper les miasmes, elle lui demande de
prendre une douche. Karl se baigne quatre à cinq
fois par jour. Il porte des chemises très amples et
très fines, en lin ou en voile, et pourtant il est
toujours en nage. La sueur dessine des ronds sous
ses bras et ruisselle le long de son dos.

Cactus peut porter sa lourde robe noire à la
coupe en biais et une blouse de soie sans que jamais
aucune auréole n'apparaisse sous les aisselles. Il lui
arrive de lever le bras et de faire renifler à Karl la
cavité ombreuse où se cachent trois petits poils
noirs et raides, pour qu'il constate à quel point
elle sent peu. Le bout du nez de Karl effleure une
surface lisse, délicieusement fragile quoique ferme
et résistante. On la croirait tapissée d'une mince
pellicule de graisse durcie tant sa texture est fine.

Cactus a une chair drue que recouvre un épiderme incroyablement soyeux; cependant une pig-
mentation un peu jaune, presque bistre à certains
endroits, le dépare. De même, une extraordinaire
souplesse, une élasticité merveilleuse compensent
les imperfections de son corps, la taille épaisse, le
bassin large et les jambes légèrement arquées.
Quand, après avoir aguiché Karl, elle se dérobe,
il a l'impression d'avoir tenu une couleuvre, tant
elle a des mouvements déliés et ondoyants. Son
corps ferait les délices d'un aveugle.

Karl n'est pas aveugle. Du moins, ses yeux

voient. Il lui arrive pourtant de comparer le couple qu'il forme avec Cactus à la grande musicienne Shunkin et à Sasuké son disciple et amant. La principale dissemblance, pense-t-il, c'est que lui n'entend pas et que ce qui les sépare, ce n'est pas le statut mais la civilisation. Une autre différence notable, qu'il gomme, c'est que lui et Cactus ne sont pas amants. Ils le sont presque. Karl vit sur le mode du presque. Il entend presque le son de la cithare, il atteint presque à la compréhension, il couche presque avec son maître de luth. Mais il y a un abîme entre le tout à fait et le presque, la même distance qui sépare l'être du non-être.

Karl est épié, espionné au nom de la musique. La cithare a envahi son être sous la forme de Cactus dont elle est pour lui consubstantielle. On dirait que, ne parvenant pas à penser le silence, il l'incarne dans une forme visible. La musique résonne en lui, autour de lui, elle se meut à ses côtés, et lui l'accompagne, il en est l'ombre, et malgré tout la musique est toujours muette, jamais ouïe. Elle se trouve toujours et partout en dehors d'elle-même.

Bien qu'il demeure convenu que les soude un goût commun pour la cithare, son inconsistance la fond dans leur propre vie. Ce n'est pas la musique qui les lie mais leur être se substituant à l'objet problématique qui en a favorisé le contact. En prenant Cactus pour modèle et en s'imprégnant de son jeu, il a, par une pente naturelle, établi une sorte de correspondance entre la jeune femme et l'instrument. Celui-ci recèle une absence, et la trace de cette absence, que sa conscience lui dérobe, contamine ses rapports avec Cactus. Il l'idéalise sous les espèces de cette musique dont le silence lui procure tout à la fois souffrance et plaisir et ce vide douloureux s'incruste dans leurs relations amoureuses. De même que le silence est toujours tu, l'inaccomplissement de leur amour ne s'avoue jamais, ou alors de façon détournée. Karl compare parfois, mentalement, le mutisme du luth au manque d'émanation corporelle de celle qui l'y initie.

Karl est pourtant fou d'elle; quand elle lui souffle son haleine chaude et parfumée — sa seule émanation —, il tremble de désir. Cactus se prête à cette comédie et prétend se dérober à sa concupiscence. Elle proclame que son excitation sexuelle corrompt son jeu. Elle va jusqu'à brandir une paire de ciseaux en menaçant de lui couper le sexe, comme elle a coupé les cordes de la cithare. Est-ce une façon de cacher — ou d'avouer — qu'étant donné leurs rapports, pour elle, cela ne changerait pas grand-chose? En dépit de la violence de ses sentiments, Karl la laisse toujours échapper, il aime même par-dessus tout le glissement de son corps fuyant son étreinte. Il soupire chaque nuit devant sa porte, mais reste toujours derrière. Ce qui le fait trembler c'est le mystère, et il veut le conserver à tout prix. La cithare et Cactus, l'instrument et la jeune fille qui en joue, se sont à tel point confondus qu'il craint qu'une connaissance trop intime de l'une ne déflore le secret de l'autre.

Cactus aussi a peur. Elle a peur parce qu'il est étranger, qu'il est très grand et sent fort. Elle a surtout peur de son penchant pour lui et de ce qu'elle devine en elle. Si Karl était plus lucide — car si ses yeux voient, son esprit est aveugle —, ou s'il avait plus d'intérêt pour Cactus, pour l'être véritable de Cactus et non pour la cithare animée qu'il lui a substituée, il se rendrait compte que les longues pointes qui hérissent sa chevelure sont moins des dards qui le frappent qu'une couronne d'épines qui ensanglante le front de l'aimée.

Cactus est loin d'être prude, et dans la Ville, où règne une grande rigidité de mœurs, elle passe pour mener une vie dissolue. Cactus a des amants. Ils se ressemblent tous. Karl au début ne pouvait déterminer si c'était toujours le même ou chaque fois un autre, tant ils sont bâtis sur le même modèle. Ce sont des garçons petits et râblés à la peau grêlée, aux faces larges mais à l'expression douce. Ils sont ouvriers ou techniciens — Cactus professe la plus grande admiration pour le prolétariat — et portent des salopettes. Elle les emploie à des travaux de réparation. Ils refont l'électricité, ajustent les fenêtres ou déménagent des meubles à l'Académie. Ils arrivent avec un air soumis, saluent Karl très poliment, passent deux ou trois heures dans la chambre de Cactus. On entend des rires et des cris étouffés. Ils ressortent ruisselants de sueur, se douchent, disent au revoir à Karl, toujours très poliment, et disparaissent. Karl se croit fou de douleur; et probablement l'est-il puisqu'il suffit de s'en persuader pour être malheureux. Mais il n'est pas jaloux. Il pense que Cactus cherche à le punir, à le rabaisser en lui signifiant que lui, l'intellectuel étranger, chargé de cours à l'université et bientôt docteur, esthète et musicien, est inférieur au plus quelconque des habitants de la Ville, du seul fait que ceux-ci sont les héritiers de la Culture immémoriale.

Cactus en veut à Karl, elle cherche à le faire souffrir, puisqu'elle-même souffre. Sans se l'avouer — leur relation passant par le refoulement du secret — elle doit être blessée par la nature toute mentale de cette passion; son caractère construit l'entache d'inauthenticité. Il est vrai qu'après avoir tourmenté Karl, en lui laissant deviner un morceau de chair nue, en lui faisant respirer les parties les plus intimes de son corps, elle le repousse avec hauteur, ou bien le glace par un mot blessant. Mais les élans de Karl sont un peu forcés, ils s'arrêtent avant même qu'une véritable barrière ne leur soit opposée.

127

Cactus devient chaque jour plus mauvaise. Elle a des crises de violence et peut faire preuve d'une terrible cruauté. Un jour, pour une fausse note, elle se saisit d'un rouleau à pâtisserie et tente de lui écraser les doigts, un à un, systématiquement.

Une autre fois, sous prétexte qu'elle l'a surpris à tendre l'oreille aux sons qu'il émet, elle s'arrache un peigne de métal de son chignon et le lui plante dans la main.

Elle se néglige. Ses cheveux ne sont plus lavés; elle les roule sans soin en une pelote plantée d'aiguilles. Elle n'a jamais été très ordonnée. Elle a toujours semé des sacs en plastique un peu partout dans la maison et posé les affaires en petits tas sur les meubles et les sièges pour les ranger, semblable en cela à la plupart des habitants de la Ville, des gens venus d'ailleurs, éternels réfugiés qui ont le sentiment de vivre dans un camp de transit même après avoir fait fortune. L'appartement à présent s'est transformé en dépotoir; des dessous peu affriolants traînent jusque dans l'évier, des débris de repas jonchent le sol, du linge sèche éternellement dans le salon et dégoutte sur le plancher. Elle interdit à Karl de s'occuper du ménage, le couvrant de sarcasmes, lorsqu'il fait mine de mettre de l'ordre. Elle stigmatise sa propreté teutonne et sa méticulosité petite-bourgeoise. La nuit, les cheveux défaits, le front creusé, l'œil hagard, elle erre à travers les pièces en hurlant comme une harpie après Karl. Sa respiration trop forte ou bien son haleine chargée l'empêchent de dormir.

Durant des jours et des nuits elle s'acharne sur Karl, ne lui laissant ni trêve ni repos. Elle est comme obsédée par sa présence. Les agressives émissions de son interminable carcasse tourmentent ses sens délicats. Elle ne peut penser à rien d'autre. Elle est traquée, poursuivie, harcelée par ses denses et lourds effluves organiques. Il faut qu'il quitte l'appartement sinon elle va devenir folle. Puis brusquement il n'existe plus. Elle le traverse d'un regard froid et hostile. Elle se cogne à lui comme un meuble mal placé. Elle le réduit à l'état d'objet de rebut, oublié mais encombrant. Elle l'anéantit de son mépris, elle le fait disparaître; elle l'abandonne à sa bestialité. Inéducable, indécrottable. Karl souffre encore plus quand Cactus l'ignore que quand elle le rabroue. Malgré tout il se serait accommodé de ces brusques alternances de mépris cinglant et de crises d'exaspération survenant avec la rapidité et la violence des tempêtes tropicales, sans la sombre aigreur, la hargne morose qui petit à petit les enveloppe et étend sur eux une ombre un peu sordide. Karl accepte le martyre avec joie, avec reconnaissance tant qu'il contient la promesse d'une rédemption. L'arrogance caustique de la jeune fille lui fournissait par les blessures mêmes qu'elle lui infligeait l'assurance de la sublimité de sa tourmenteuse et le moyen de se hisser jusqu'à elle.

Mais son animosité revêche, sa froideur hostile et désespérée lui causent des souffrances d'autant plus intolérables qu'elles lui semblent être la marque d'une irrémissible damnation. Karl ne dort plus; il mange à peine. Il a le teint grisâtre, il maigrit. Loin de faire ressortir l'ossature, cela lui donne quelque chose de flasque et de veule. Cactus aussi dépérit, des cernes bistre entourent ses yeux saillants, rougis par l'insomnie et un chagrin indicible. Des spasmes lui nouent l'estomac. Un goût amer de fiel lui remonte à la gorge et contamine son haleine naguère tiède et parfumée.

Un jour, Cactus disparaît sans crier gare. Au retour d'un bref voyage en Grande Terre où il a récupéré une belle cithare ancienne, Karl trouve un bout de papier griffonné. Cactus lui annonce qu'elle est partie « là où la souffrance s'apaise et fait place à un vide dont nul ne peut troubler le silence ».

Karl comprend. Il la plaint, mais il lui en veut. Elle a agi sur le coup d'une brusque inspiration, bien sûr, mais elle aurait pu attendre et lui dire de vive voix qu'elle allait méditer dans un temple. Le reproche, la tristesse, la compassion se surimposent à l'admiration, qui, à la manière d'une feuille d'or prise dans la masse des stratifications de laque d'un bibelot précieux, constitue le fond de son amour.

Comme toujours ses griefs se muent en autoaccusation et comme toujours ses sentiments sont des travestissements. Ne serait-il pas plutôt secrètement honteux du mouvement d'obscur et lâche soulagement qu'il éprouve? La part ménagère de son être, chien fou longtemps tenu en laisse, s'en donne à cœur joie. Sans même que Karl s'en soit rendu compte, il est là à s'affairer dans l'appartement.

Cactus est partie en catastrophe. La penderie grande ouverte et les tiroirs béants de la commode dégorgent des flots de hardes qui se déversent sur le sol. Les dessous de corps, que Cactus a négligé d'emporter, pendent sur des fils dans le salon. Il trie, secoue, plie, range. Il travaille avec ordre et méthode; on dirait une servante experte. Les jupes retrouvent leurs cintres, les tiroirs se referment sur des piles impeccables. Le linge sale, énergiquement frotté, tapé, battu, pressé, tordu, essoré, achève de s'égoutter dans l'arrière-cour, enfilé sur des perches de bambou qui sortent par le jour de souffrance de la cuisine. Les mains ne se donnent pas un moment de repos; pas un instant elles ne s'attardent en un attouchement furtif sur le pli d'un vêtement. Elles sont efficaces, terriblement efficaces, indifférentes, des mains de professionnel de l'hôtellerie; peut-être simplement parce qu'elles ont leur revanche à prendre, du retard à rattraper après l'oisiveté forcée que leur a imposée Cactus. Lorsque, sur la tablette du lavabo, elles rencontrent les dents acérées d'un peigne oublié, à peine si elles s'arrêtent pour en effleurer les pointes, avec le petit frisson d'émoi fervent du dévot devant la sainte épine. Bien vite d'ailleurs elles sont à nouveau à l'ouvrage. Karl a saisi un balai – l'aspirateur a rendu l'âme il y a des semaines et Cactus lui a interdit de le remplacer. Le balai rustique avale la crasse en laissant une traînée humide sur le gerflex; ses longues lanières de chiffons sombres se tordent dans un claquement mouillé. Et soudain à entendre ce bruit humble, servile, son cœur se serre puis se dilate, des larmes jaillissent de ses yeux, des larmes où la douleur et la joie se mêlent indissociablement. Son oreille interne vibre d'un bourdonnement qui l'emplit de ravissement et d'affliction. Il se sent bête, pire, impie. Se peut-il qu'il s'émeuve du gargouillement mou d'une serpillière même si ses tentacules sombres de Gorgone tracent sur le sol comme l'ombre terrible des chignons de Cactus hérissés de colère? Un objet beau, poétique : le crissement d'un peigne d'écaille sur les ongles, le froissement d'un vêtement de soie, ou même à la rigueur le bruissement d'un balai de branchages manié par un vieux moine chassant les feuilles mortes du parvis d'un temple moussu, il aurait compris. Mais là... Et tout secoué d'effroi devant son propre sacrilège, il en oublie l'étrange mélodie qui tout à l'heure a tinté au creux profond de son tympan.

Karl a pris la décision de s'abstenir de jouer du luth le temps de la retraite de Cactus — un jeûne musical. Il veut marquer, par ce geste, qu'il est en deuil. Mais ce deuil ressemble fort à une libération. Karl connaît des jours paisibles, sinon heureux. Bien qu'il ne touche plus à la cithare, son acuité auditive s'est accrue. Des sonorités qu'il n'entendait pas, ou tout au moins dont il ne soupçonnait pas l'harmonie, se sont mises soudain à lui parler. En sorte que loin de lui manquer, jamais peut-être la jeune fille n'a été aussi présente; elle se manifeste sous forme de réminiscences sonores qui surviennent toujours à l'improviste. Par exemple, il est dix heures du soir et il n'a pas encore dîné. Il meurt de faim, mais n'a pas envie de sortir ni de se préparer à manger. Il téléphone au bistrot qui se trouve en bas de l'immeuble pour qu'on lui monte un repas. Il le fait souvent avec Cactus. Celle-ci en apprécie les plats, simples et abondants, et surtout la vaisselle rustique de céramique noire dans laquelle ils sont servis : c'est très rare; partout ailleurs il n'y a plus que du plastique. A chaque fois, elle fait tourner le bol de bouillon dans sa paume, en hume la vapeur, puis le porte à son oreille. Il en sort, dit-elle, un refrain délicieux. Un chant pareil à celui du vent dans les pins ou à la stridulation d'un insecte dans la douceur d'une nuit d'été. Le contact grenu de la poterie, la vivante tiédeur dégagée par le liquide fumant, le son chétif qui s'élève, tout cela provoque la même sorte de transport douloureux que la cithare. L'âme s'émeut jusqu'au tréfonds sous la caresse de ces inexprimables accents. En élève appliqué, le récipient posé dans le creux de la main, Karl hume aussi la vapeur, puis, d'un geste lent, l'approche de son oreille. Il n'entend rien, rien de significatif ou d'exaltant, juste l'infime clapotement du liquide contre les parois. Tout au plus l'odeur le met-elle en appétit.

Néanmoins il a pris l'habitude de porter le bol à son oreille après l'avoir reniflé en une sorte de cérémonial. Cette fois encore, sans y penser, il accomplit le geste rituel. Et, de la surface granuleuse, des sons retentissent. On dirait un chant, ce n'est pas un chant; plutôt un sifflement lointain, la crécelle d'un criquet, qui, surgie du dehors, s'enfonce petit à petit jusque dans l'intérieur de la tête. Sans être vraiment mélodieux — il y a même dans ces crépitements aigus, dans ces timbres légèrement fêlés quelque chose de profondément antimusical — ce bruit est source d'un véritable ravissement esthétique, dont il peut jouir sans mélange, puisqu'il bénéficie de l'aval de son initiatrice.

Karl savoure par anticipation la volupté toute nouvelle qu'il va tirer de la cithare. Souvent il se surprend à tendre la main vers l'instrument, en un mouvement instinctif d'exaltation; il l'enlève aussitôt. Le moment n'est pas encore venu; il lui reste à aller au-delà des sonorités, loin par-delà la dis-

sonance même, s'il veut atteindre au plus intime
de la musique, à l'être pur de la musique, à ce
qu'il reste d'elle dans son parfait accomplissement,
quand tout s'est tu, sauf le silence.

VIII

Au fil des années, l'échéance se rapprochait, avivant le sentiment de précarité dans la Ville. L'ouverture de la Grande Terre, loin de calmer les inquiétudes, les renforçait; elle rappelait au souvenir des habitants le spectre qu'ils pouvaient oublier dans ses périodes de repli. Certains partaient, beaucoup rêvaient de partir et assuraient leurs arrières. L'Académie n'échappait pas à ce vent d'inquiétude. Trois élèves s'expatrièrent en Australie.

Jusqu'alors la plupart des disciples se recrutaient dans le département de Culture traditionnelle. Maintenant le doyen se répandait en insinuations malveillantes sur l'école de musique et menaçait de représailles à mots à peine voilés ceux de ses étudiants qui s'obstinaient à la fréquenter. Aucun d'entre eux n'eut l'audace de braver ses foudres. La source se tarit; il y eut des défections. Il ne resta bientôt plus, des anciens élèves, que Lili, Éveil, Yam et Cactus.

Autour de Yam tournait l'anthropologue; l'attaché culturel s'intéressait à Éveil. Cactus surveillait les fréquentations des élèves, non par puritanisme mais par souci de la bonne marche de l'école. Elle admettait toutes les aventures, pourvu qu'elles ne brisent pas les cœurs ni n'enlèvent des âmes à la musique. En cas de nécessité, elle savait fort bien sortir ses piquants et décourager les indésirables; il lui était arrivé d'interdire l'accès de l'Académie à des jeunes gens et de les prier de déguerpir, quand ils attendaient en bas de l'immeuble, à la façon de la directrice rébarbative d'une institution pieuse, protégeant ses pensionnaires des assiduités de collégiens.

En dépit de sa prévention contre les étrangers, Cactus ne mesura pas la menace. L'anthropologue avait un handicap; il n'était dans la Ville que pour un court séjour. Elle croyait Yam assez étourdie pour oublier, dès qu'il serait loin, les promesses de l'Américain et ce dernier trop occupé de sa carrière et de son terrain pour songer à Yam, une fois parti. C'est ce qui endormit sa vigilance. D'autant qu'un danger autrement grave, autrement précis accaparait son attention. Le doyen tentait de débaucher Yam en l'alléchant par des cours de pratique musicale à l'université. Mais la Grande Terre s'était ouverte. Le mollusque béant devint un des terrains de chasse favoris des sociologues. Des vols serrés de spécialistes s'abattaient sur la Ville, porte d'accès privilégiée aux juteux morceaux des provinces du Sud. L'anthropologue fit de la Ville sa base avancée.

Il s'y refournissait, entre deux enquêtes, en matériel et en gadgets télésoniques, très abondants et bon marché, et rencontrait Yam. Navigateur cherchant à séduire une princesse des îles en lui faisant miroiter perles de verre et colifichets, il déposait à ses pieds ses dernières prises : bandes sonores, vidéocassettes, livrets d'opéras pour marionnettes, instruments musicaux primitifs. Serpent à sonnette fascinant un bel oiseau, il agitait la petite cloche de Yale et la faisait tinter très agréablement aux oreilles de Yam. Et Yam, soufflant dans le pipeau à six tuyaux qu'il lui avait fourré dans la bouche, dodelinait la tête au rythme de la petite cloche agitée par le charmeur à la moustache argentée : Yam, Yam, Yam, Yale, Yale, Yale.

Quand le doyen, après avoir œuvré avec l'habileté d'une araignée tissant sa toile, tendit en guise d'appât le miroir scintillant d'un poste d'assistant pour retenir la ravissante alouette des tropiques, elle secoua son brillant plumage. Elle savait l'avenir de la Ville incertain et sa situation trop instable. Ce ne serait jamais qu'ajouter la précarité au provisoire. Un emploi dans une université américaine avec une carrière internationale de musicologue était autrement plus séduisant. Un beau jour, la flûte en bouche, elle s'envola pour l'Amérique, joli oiseau siffleur hypnotisé par le serpent charmeur des moustaches de l'anthropologue à sonnette.

141

Cactus ne se faisait pas trop de souci pour Éveil, sûre qu'elle s'était suffisamment abstraite de la réalité pour ne jamais en être affectée. Il est vrai qu'Éveil ne s'aperçut de rien, mais c'est justement pour cela qu'elle se retrouva, sans même s'en douter, transportée à des milliers de kilomètres de la Ville, comme la princesse Badroulboudour et son palais enlevés par la lampe d'Aladin.

Ce qui arriva à Éveil était fatal. Mais que l'attaché culturel fût le coupable paraîtra surprenant. Cactus et Karl ne voulurent pas comprendre alors même qu'il était évident que celui-ci recherchait sa compagnie. Son modernisme les induisit en erreur. Il parlait sans arrêt d'électronique, de compétitivité et d'efficacité pour exorciser par le verbe sa profonde nonchalance. Son penchant refoulé trouva un objet où s'investir. Lui l'homme pressé, vivant avec son époque, il se prit d'abord d'envie, puis d'amour pour ce visage ensommeillé dont le sourire stagnant semblait abolir la durée, ou tout au moins l'étirer à l'infini. Éveil accomplissait chaque geste comme si le temps ne se comptait pas en minutes ou en heures, mais en siècles et en millénaires. Son visage possédait l'hiératique impassibilité des bodhisattvas et sa peau le poli de la pierre; elle avait l'air très jeune, presque enfantin, mais de cette jeunesse éternelle des statues.

La totale vacuité de la conscience, révélée par l'expression recueillie et méditative qu'on ne prête qu'au Bouddha subjuguait l'attaché culturel. Il se perdait dans la contemplation de ce visage que l'armure d'une perpétuelle somnolence rendait impénétrable, cherchant à lui arracher son secret.

Il se la représentait tout au fond d'une pièce à peine éclairée par une lumière diffuse, froide, filtrée par une succession d'écrans translucides; l'ombre et la lumière s'y confondaient de telle sorte qu'elles conféraient à l'espace cette épaisseur de silence qu'on n'accorde qu'à l'éternité. Elle était allongée sur le flanc et dormait. Sa nuque et ses épaules charnues, pleines et pour ainsi dire sans ossature, renvoyaient un reflet atténué, assoupi et pourtant scintillant de la pénombre, comme si un fragment de l'astre nocturne s'était introduit dans la pièce pour se poser sur le lit et y diffuser sa pâle lumière. Il se prenait souvent à se demander si une vacuité plus vide, un néant plus profond encore ne se saisissaient pas d'Éveil quand un vrai sommeil fermait ses paupières déjà closes. Il aurait aimé la surprendre et scruter son visage à loisir pour découvrir son âme enfin offerte dans l'engourdissement du rêve, à moins qu'il se fût perdu dans l'abîme insondable d'un double néant, rêve dans le rêve, sommeil hermétiquement replié sur lui-même.

Toutefois l'impression d'immobilité donnée par la jeune fille ne provenait que du décalage entre le temps du rêve qu'elle vivait et la réalité. En vérité elle se croyait énergique et efficace. Elle se dépêchait, elle s'activait, tel le gros lapin blanc d'Alice, tirant perpétuellement sa montre et criant « je suis pressé » — un lapin non pas rêvé par une petite fille, mais qui se rêvait lui-même à courir furieusement —, sans que cette hâte eût aucun résultat concret, en raison de l'effet démultiplicateur du passage du sommeil à l'état de veille.

Les discours du jeune cadre moderne sur l'efficacité, la rapidité la charmaient, bien qu'elle gardât toujours son demi-sourire de déesse orientale. Elle lui ouvrit son cœur. L'attaché culturel y trouva le lapin blanc qui y sautillait. Il l'attrapa par les oreilles et le mit dans une cage. Avant qu'Éveil n'ait eu le temps de se rendre compte de rien, puisque son état psychique apportait les phénomènes à sa conscience avec un immense décalage chronologique, elle se réveilla un beau jour, elle ne sut jamais comment, dans le lit de l'attaché culturel. Et elle se demandait encore si sa joie était un épanchement de l'Éveil dans le Réel, ou bien au contraire un jaillissement de l'extase dans son rêve, tandis que l'avion les emportait, elle et l'attaché culturel, vers Paris où l'attendaient, lui un travail au ministère des Affaires étrangères, et elle les épaves de psaltérions du musée de l'Homme.

L'Académie avait perdu ainsi à peu de temps de distance la Virtuosité et l'Esprit. Cactus en avait été vivement affectée. Elle avait rendu la vie impos-

sible à Karl avant de s'en aller brusquement — sans
doute dans un monastère pour retrouver la sérénité.
Il ne resta donc auprès du maître que Lili, la solide
Lili. Mariée et mère de famille, elle ne risquait pas
d'abandonner l'école comme les deux autres.

Quelque temps après le départ de Cactus, un
typhon d'une exceptionnelle violence s'abattit sur
la Ville, déversant des torrents d'eau. Lili habitait
un HLM récent dans un quartier pauvre, conquis
sur les collines. Le nouveau secteur avait été bâti
à flanc de coteau sur un sol instable. Un glissement
de terrain se produisit. Des immeubles entiers s'ef-
fondrèrent et parmi eux celui de Lili.

Karl épongeait les flaques d'eau du salon quand
le grelot du téléphone l'interrompit dans sa tâche.
Il prit le combiné. Une voix lointaine, inconnue,
brouillée par des grésillements vibra dans l'appareil.
C'était une voisine de la directrice de l'Académie
de musique noble. La vieille dame le réclamait. Il
devait venir de toute urgence. C'était très sérieux.
Et comme pour couper court à toute objection, la
voix ajouta que le plus gros du typhon était passé.
Il n'y avait plus de danger. Tout fonctionnait à
nouveau. On raccrocha.

L'appartement, dont le vide et le silence s'alour-
dissaient encore du tintinnabulement espacé des
tramways, présentait un spectacle de désolation.
Les plantes vertes avaient été renversées et de longues
traînées de boue maculaient le plancher. Les fau-

teuils de velours, les lourdes chaises, les tables, les consoles, tout le mobilier dégouttait d'eau. Le vent qui s'engouffrait à travers les fenêtres crevées achevait d'arracher aux parois des lambeaux de tentures et de lavis. Toutefois l'impression de naufrage que donnait l'Académie tenait moins aux dégâts que lui avait fait subir la tempête, qu'à une cause plus profonde et plus corruptrice dont elle n'eût été que la manifestation apparente. Maintenant que les élèves n'étaient pas là pour l'égayer, il régnait une atmosphère de tristesse et d'abandon, et la lumière, assourdie par les reflets des murs, éclairait d'un jour grisâtre la vaste salle, révélant le délabrement intime qui la rongeait. Il semblait que la vie refluait, se recroquevillait, se dissipait, ne laissant que la coque vide, cabossée et rouillée de ces épaves qui pourrissent sur les grèves que ne battent plus les flots du temps.

Karl ne daigna rien voir. Il prêta à peine l'oreille à ce que disaient les parentes ou les voisines qui lui avaient ouvert la porte. Elles parlaient toutes à la fois. Karl dans ce caquetage ne saisissait que des mots sans suite. Le typhon... Effondrement... Pas un survivant... Terrible... Le maître... Choc... Elles le conduisirent à travers un sombre couloir jusqu'à la chambre de la malade. Le saint des saints.

Au lieu de la dame au teint rose qu'il était accoutumé de voir, c'était une figure blême, mouchetée de plaques d'un rouge malsain qui reposait

sur une natte de jonc. Ses lèvres bleuâtres frémis-
saient, et le coin droit s'affaissait plus encore que
d'habitude. Karl, empressé, voulut une fois encore
s'affairer autour d'elle. Il lissait déjà les couvertures
sur ses jambes, redressait les coussins derrière son
dos; il s'apprêtait à lui préparer un thé, mais elle
secoua la tête. Elle congédia les autres et lui fit
signe d'approcher. Parler fort l'épuisait. Collant sa
bouche presque dans le creux de son oreille, elle
lui marmotta des paroles que Karl, à sa grande
surprise, ne devait faire nul effort pour comprendre.
Sa voix, quoique basse, sonnait ferme et clair dans
son tympan. Comme il devait déjà le savoir Lili
était morte. Son immeuble avait été emporté par
un glissement de terrain consécutif aux pluies dilu-
viennes. Ainsi il était son dernier disciple. Elle aussi
allait mourir. Elle le chargeait de transmettre son
enseignement. D'une main tremblante, elle sortit
de la poche de sa robe de chambre une lettre du
ministère du Renouveau des traditions culturelles
de la Grande Terre : c'était une invitation à un
récital d'instruments classiques. Bien que la cithare
à cinq cordes ne se prêtât pas aux concerts, que ce
fût presque un sacrilège pour un joueur de s'exhiber
en public comme un musicien professionnel, étant
donné les circonstances, il fallait saisir cette chance
pour redonner le goût de la cithare, et perpétuer
la tradition; sinon cet art allait s'éteindre. Il ne
restait plus un seul virtuose ni même un amateur

sur la Grande Terre. Il était donc le seul dépositaire de cet art, le meilleur. Il avait une musicalité, une justesse d'oreille qui faisait défaut aux autres, une sensibilité aussi, décalée, exotique; elle apporterait un sang nouveau...

Karl voulut l'interrompre, elle balaya son objection : Cactus? Il n'avait pas deviné? Il était temps qu'il sache. Cactus était folle. Elle ne se retirait pas dans un monastère — plus depuis longtemps en tout cas — mais dans un asile psychiatrique. C'est là qu'elle se trouvait à l'heure actuelle après avoir senti venir un nouvel accès. Cactus ne serait pas rétablie à la date du concert, si elle se rétablissait jamais. L'Académie n'avait plus que lui pour la représenter. Rassemblant toutes ses forces, elle décrocha de son bras valide sa cithare, la tendit à Karl et s'affaissa sur sa couche pour entrer dans l'agonie comme si ce geste avait suffi à brûler ses ultimes réserves de vie. Au moment où la mort saisissait le maître de luth et emportait avec elle la réponse à l'énigme, Karl poussé par une dévorante, une irrépressible, une démoniaque curiosité s'entendit avec effroi poser la question qui torturait son âme :

— Est-ce qu'elle sonne?

Il crut cueillir, sur les lèvres de la moribonde, sortant avec son dernier souffle, quelque chose qui pouvait dire : « Les sons naissent de ceux qui les entendent. »

IX

Derrière la table de luth, du haut de l'estrade qui surplombe les travées de l'orchestre, Karl peut distinguer au premier rang, bien en face, les visages massifs des Fidèles Gardiens. Sur leur casquette, le cœur sanguinolent du peuple palpite comme une étoile. Ils portent des vareuses de bon drap; elles adhèrent à leurs corps de toute la rigueur de la ligne idéologique. Les Flanelles épaisses égayent de gris clair et d'œcuménisme de classe les costumes bleu nuit. Derrière s'agite le grouillement bigarré des honorables amis étrangers. Débordement de chairs surgissant de l'échancrure des corsages, prolifération des nez et des peaux, oppositions blessantes des couleurs, formes absurdes, lignes exagérées. Leurs accompagnateurs, par contraste, ont le visage sans traits ni ouvertures des démons japonais.

Séparés d'eux par les interprètes et les accompagnateurs, les rescapés de la culture. Ils sont si fragiles, leur charpente est si délicate, à côté de la foule des diables étrangers, qu'avec leur peau diaphane, leurs airs apeurés et douloureux, le frisson de pétoche qui secoue perpétuellement leurs frêles et lâches épaules, ils semblent ne pas appartenir tout à fait au monde des vivants. On dirait des spectres et, d'une certaine façon, ils le sont. Écho affaibli et grelottant d'eux-mêmes, ils ne font que survivre à leur disparition. Dans les dernières rangées, tout au fond, derrière les étudiants méritants, sous l'œil vigilant des Rectificateurs de Conscience rotent les exemplaires choisis des « Maîtres du pays ». Bien qu'on les ait frottés et récurés, sur la peau de leurs mains s'incruste la crasse indélébile de l'esclavage qui a marqué leurs faces sombres du sceau d'un irrémédiable abrutissement.

Karl finit d'installer la sonorisation sous la table à cithare. L'instrument, tout hérissé d'amplificateurs, n'a plus rien d'antique ni de raffiné. Sa coque de laque noire, bardée de boules de métal brillant, prend un air design presque vulgaire. Karl a effectué ces préparatifs le plus lentement possible afin de retarder le moment de l'épreuve. Il sait que tôt ou tard il devra s'asseoir et effleurer les cordes. Il sait aussi que peut-être aucune note n'en sortira. Il a fait néanmoins le pari qu'en accroissant le volume de la caisse de résonance par une table de luth et en amplifiant le son, quelque chose, peut-être, bruira dans l'immense salle des fêtes.

Il s'est assis. Une présentatrice s'avance sur le podium. Ses cheveux frisés et son tailleur occidental suscitent un murmure approbateur : signe évident d'ouverture, main tendue vers l'étranger. Les têtes aux contours de chimères se penchent les unes vers les autres et ont des chuchotements diplomatiques. Le discours de la femme confirme sa tenue. Du ton neutre et articulé des automates porte-voix de la Ligne Juste, elle parle de la millénaire tradition de la Grande Terre, du contact fécond des cultures, de l'amitié entre les peuples, de la nécessité des échanges. Karl est ici non seulement comme virtuose, mais comme symbole. C'est sous l'auspice de cette rencontre entre le mélomane étranger et la cithare nationale que s'ouvrira le récital, qui doit marquer le développement des arts nouveaux par l'approfondissement des anciens, et le resserrement des rapports intercontinentaux dans l'exaltation de la tradition patriotique.

Le dos de Karl se voûte sous le poids de la mission dont il est investi. Il est pâle, ses mains sont moites et tremblent un peu. Il explique en quelques mots simples et clairs ce qu'est la cithare. Elle n'est pas faite pour les concerts. C'est une musique qu'on se joue entre amis, afin d'exprimer les mouvements de l'âme. Le son en est infiniment discret, à peine audible, ce sont des accords plus spirituels, pourrait-on dire, que réels. Il prie l'assistance de faire un silence absolu et d'écouter dans le recueillement intérieur.

Le silence se fait, troublé par les soupirs fantomatiques de quelque très antique rescapé de la culture, le petit gloussement mondain d'une ambassadrice et les gaz prolétariens des maîtres du pays. Karl ajuste un micro, se rassied bien droit, ses mains restent suspendues un instant au-dessus de l'abîme noir de la laque, et, du mouvement rapide de la mante religieuse happant la cigale, viennent frapper la soie. Le timbre sonne haut et clair. Il a une force, une ampleur, une musicalité insoupçonnées. Karl lève un instant ses doigts, les cordes vibrent toutes seules et projettent des volées de notes; la musique enfle et déborde en un flot de sonorités tumultueuses. Une symphonie inouïe emplit ciel et terre. Elle bourdonne monstrueusement à ses oreilles dans un surgissement primitif de bruits cosmogoniques. Les timbres purs et impurs, brillants ou voilés coulent et alternent. Ils meurent, renaissent, tombent puis reprennent en un mouvement incessant, avec d'imprévisibles modulations. Ils s'épandent en dehors de toutes normes, ils n'offrent aucun repère, aucune prise. C'est un chaos harmonique, un déchaînement poly-phonique. La nature chante un hymne grandiose et terrifiant. Il entend le cycle des saisons, l'alter-nance des jours et des nuits, la succession des naissances et des morts; il entend la beauté des paysages, la majesté des grands fleuves, la dérive des étoiles et la rumeur du big bang. C'est l'univers entier qui se fait musique, une musique déroutante, illimitée qu'aucun humain ne peut entendre sans être pétrifié d'effroi.

Mais non, ce n'est pas l'ample voix du cosmos. La cithare ne crie jamais, elle est sobre, discrète; elle murmure, elle chuchote; même quand elle fait résonner la formidable symphonie de l'univers, c'est sans bruit. Il saura lui faire retrouver la raison. La rendre à son silence.

Le long cercueil musical en folie hurle, gémit, miaule, glapit. Tous les sons discordants de la création se mêlent, se heurtent, explosent en un hourvari démoniaque. On dirait les braillements de milliers de guitares électriques raclées par des rockers hystériques. Le tintamarre lui cogne dans la tête, lui vrille les tympans, l'acier tranchant de bruits informes lui lacère la cervelle. Il a envie de hurler : arrêtez, arrêtez la musique!... Il cherche à se reprendre. Ce sont les fils, les amplis qui ont transformé l'austère instrument en ce bastringue gueulard. Il faut débrancher. Il faut que ça cesse. Il arrache les micros. La musique continue. Il jette la cithare; l'infernale mélodie beugle toujours plus fort. Ce sont ses habits qui sonnent. Les boutons de sa veste battent comme des cloches, le tissu de sa chemise crisse, le tergal du pantalon siffle. C'est intolérable. Il ôte sa veste, sa chemise, son pantalon. Ça continue. Toute la salle vibre, tonne d'un effroyable mugissement. Des spectateurs se sont

levés; l'assistance est elle aussi en proie à l'affole-
ment et au tumulte. Il se précipite vers la sortie,
vers la lumière, vers le silence, à demi nu, hurlant
comme un dément.

CET OUVRAGE A ÉTÉ COMPOSÉ
ET ACHEVÉ D'IMPRIMER SUR ROTO-PAGE
PAR L'IMPRIMERIE FLOCH À MAYENNE
POUR LES ÉDITIONS ALBIN MICHEL
EN JUILLET 1991

Nº d'édition : 11762. Nº d'impression : 30691.
Dépôt légal : août 1991.

Imprimé en France